U0070795

真希望
文法
這樣教

牧野智一◎著　　陳書賢◎譯

 # 有故事的英文文法！

「為了應付學校考試死記硬背英文文法」

「即便不了解英文文法，也能使用英文」

　　相信有不少人對英文文法都抱有這樣的印象吧！不過我認為**學習英文文法，才是習得英文最有效的方式！**

　　為什麼我會如此斷言呢？**這是因為我本人就是透過學習英文文法，進而精通英文的。**

　　然而，雖說是學習英文文法，但如果只是死記硬背自己不理解的英文，要達到精通的程度還是有困難的。

　　在學習英文時，最重要的就是「理解」。**以「理解」為目的來學習，就會發現英文文法會從「單調無聊的公式」變身成「豐富的表達」。**

　　因為擁有這「豐富的表達能力」，讓沒有留學經驗的我也能成為專業口譯人員，並活躍於職場中。

　　那麼要怎麼做才能「理解」英文文法呢？答案就是要掌握英文這個語言的語言結構。為此需要**將所有英文文法視為**

一個故事來學習。

　　其實有一種「文法學習順序」的方法，能夠幫助學習者輕易地理解英文全貌。本書將會按照「學習順序」，串聯英文文法並說明。

　　英文文法並非個別存在，也並非沒有意義。每個文法都擁有各自的「存在理由」及「角色」。**若能充分地理解每個文法規則，即使不死記硬背並且只讀過一遍，也會驚訝地感受到文法如此清晰地留在腦中。**

　　在閱讀本書時，希望學習者能重新整理在學校學習的文法知識，讓頭腦保持在全新的狀態下閱讀。

　　另外，由於本書側重文法重點，因此並未觸及母語者在會話中使用的「口語文法及表達方式」。不過若能掌握本書所提到的內容，就足以應對英文寫作及會話溝通。

　　希望透過本書能使正在或已經學習英文，卻不知該如何使用的學習者帶來幫助。

牧野智一

【關於本書內容與製作方針】
- ●本書並非以學術目的編撰的書籍，因此將省略說明專業的歷史、文化、地域性、宗教觀、古代文字書寫、語言學學說、語言變化過程。
- ●在字源及文法歷史方面，是從眾多學說中挑選並使用初學者較能理解、接受的觀點。此外，針對同一文法有多種解釋時，本書將使用初學者較能理解的解釋。
- ●針對一般學校教育中使用的文法用語，本書有時會使用其他通俗易懂的名稱來表達。

真希望
文法這樣教

CONTENTS

序

有故事的英文文法！ 2

>>>

大講堂 ①

「死記公式」的缺點 12

大講堂 ②

將英文文法視為一個故事來學習！ 14

大講堂 ③

英文和中文差異的真面目 18

大講堂 ④

英文文法很難是歷史造成的 20

>>>

第1章
英文的基本結構

英文中「動詞」和「句型」占了九成 26

be動詞 ①

為什麼 am, are, is 被稱為「be 動詞」？ 28

be動詞 ②

為什麼「be 動詞」的變化都不一樣？ 30

CONTENTS

be動詞 ③

「是」以外的「be 動詞」翻譯 32

一般動詞 ①

為什麼只有「第三人稱單數現在式」的動詞要加 s？ 34

一般動詞 ②

「be 動詞」與「一般動詞」的使用區分訣竅 36

動詞的否定句、疑問句

「be 動詞」與「一般動詞」其實是相同的規則！ 38

疑問詞 ①

拋開「5W1H」以「8W1H」來理解 44

疑問詞 ②

非疑問形式的疑問詞使用方法 46

疑問詞 ③

為什麼「5W1H」中，只有 How 是以 H 開頭？ 48

命令句

圍繞在命令句的兩個謎團 50

五大基本句型 ①

英文中「順序」是核心 52

五大基本句型 ②

句型從確定主詞和述詞開始 54

冠詞 ①

使用「a / an」的情形只有兩種！ 62

冠詞 ②

「the」的翻譯不是只有「那個」！ 68

介系詞

需要介系詞的情形與不需要的情形 72

連接詞

連接詞後面不加逗號 78

形容詞

形容詞是用來說明「名詞」的詞彙 82

副詞

副詞是用來說明「動詞」的詞彙 84

>>>

 第2章 時態

以三個區塊來理解時態 90

時態 ①

對英文「時態」感到棘手是理所當然的！ 92

時態 ②

英文中有許多中文沒有的時態 94

時態 ③

「現在式」也可以用在「現在」這個時間點以外的情形 96

時態 ④

「進行式」其實是「瞬間」的表達！ 100

時態 ⑤

「過去式」的兩種使用方式 104

CONTENTS

時態 ⑥

將「未來式」分為五個部分來學習 108

時態 ⑦

「連接現在的過去」就是「現在完成式」 114

時態 ⑧

看圖秒懂「過去完成式」與「未來完成式」！ 120

時態 ⑨

「完成式」的否定句與疑問句 122

時態 ⑩

「完成進行式」表示一段時間內持續進行的動作 124

時態 ⑪

「假設語氣」表達「神的時間」 126

時態 ⑫

不使用「If」的「假設語氣」 132

敬語

實際上「敬語」和「假設語氣」是相同思維！ 134

條件副詞子句

條件副詞子句是「假設語氣的一種」 136

Column

「結構文法」與「感覺文法」 138

第3章
動詞的衍生文法

動詞的衍生文法也能以一個故事串聯彼此 142

助動詞①
will 的意思不是只有「未來」！ 144

助動詞②
「can」和「be able to」到底哪裡不同？ 148

助動詞③
意識到神的詞彙「may」 152

助動詞④
從字源來理解「must」和「have to」 156

助動詞⑤
「should」也帶有「宗教觀點」 158

不定詞①
「to 不定詞」的用法統整與理解方式 160

不定詞②
「be to 句型」嚴格來說不應該翻譯 164

分詞
把動詞當作形容詞使用的「分詞」 166

動名詞
「動名詞」和「to 不定詞」的使用區分方法 171

CONTENTS

第4章 從組合中誕生的文法

理解文法「樣貌」的形成原因 176

比較級
「比較句」簡單「直譯」！ 178

被動語態
「被動語態」是用來「逃避責任」的文法！？ 186

使役動詞
看似困難的「使役動詞」，結構都是一樣的！ 190

關係代名詞
精通「關係代名詞」的五個步驟！ 192

關係副詞
「介系詞＋名詞」的省略 202

>>>

第5章 容易混淆的英文文法

攻略「易錯文法」的兩個觀點 210

other
看圖理解「other」！ 212

數字

用英文流暢說出「大數字單位」的方法 216

It to／that 句型

「It to / that 句型」長主詞放後面 220

準否定詞

「hardly」和「rarely」並非相同的意思！ 222

倒裝

「倒裝」的目的是為了「強調副詞」 224

插入式問句

把「想問的重點」放在第一位！ 226

特殊 that 子句

that 子句中的動詞為什麼是原形？ 228

分詞構句

為了精簡文字而誕生的「分詞構句」 230

強調句

「強調句」要掌握「先出原則」！ 236

>>>

結語 238

CONTENTS

「死記公式」的缺點

 為什麼「死記公式」會是問題呢？

在學校的英文課中講到「被動語態」的時候，你有沒有學過這樣的公式呢？

被動式（被～）＝be 動詞＋過去分詞

在學校裡學習英語文法，似乎就像是在學「數學公式」一樣。然而死記硬背英文公式卻存在著**很大的缺點**。舉例來說只是硬背「被動語態」公式的人，就容易犯以下的錯誤。

He broke the window.（他打破了窗戶）
　↓
The window was broken by him.（窗戶被他打破了）

就像這樣「主動語態 → 被動語態」的句子寫法，就是「公式誤用的產物」。

為什麼這會是個問題呢？這是因為在日常會話中，**幾乎沒有母語者會將**「He broke the window.」**說成**「The window was broken by him.」。

　　母語者使用被動語態的場合，並非「想將主動改成被動」。舉例來說，在以下的情形母語者會使用被動語態。

The window was broken.（那扇窗戶壞了。）

　　上面的句子中，拿掉了「by him（被他）」。

　　也就是說，**被動語態是在想模糊「做動作的一方」（模糊責任所在）時，所使用的文法**。在日常生活中，被動語態的使用目的並非單純地想將主動語態改成被動語態。

 ## 自然而然獲得「母語者思維」的學習方法

　　我過去曾在補習班、英文會話教室、大學等地方進行英語教學。在我的文法課中，絕不會出現公式的說明，以及讓學生背誦公式的情形。

　　儘管如此，大多數的學生還是能在短時間內熟練地使用英文。此外，我本身也從未出國留學，但僅憑著學習英文文法，最終也成為了口譯人員。

　　其中的祕密就是**自然而然獲得「母語者思維」的學習方法**。重點有以下三個，從下一節開始，將依序說明。

1. 了解英語語言的「框架」
2. 了解單字裡蘊含的「隱藏細微差別」
3. 了解文法的根源

將英文文法
視為一個故事來學習

 學校裡不會教的文法「學習順序」

首先第一點英文的「框架」，用比較艱澀的詞彙來說明，也可以稱為「語言結構」。

只要在一開始就理解「框架」，英文的精進速度就會飛躍式成長。這看似是一項艱難的任務，但事實上並非如此。

做法相當簡單，只要**按照「某個順序」來學習英文可以了**。那個順序就在下一頁的左側。**只要按照此順序學習英文文法，便能自然地理解英文的語言框架。**

除去稀有語言，全球大多數語言的結構都是相通的。因此在全球的外語教育中，從英文、法文、西班牙文等的歐洲語系語言到亞洲語言等，不管是哪種語言所教授的文法，一般都是以相似的語言結構所組成。

不過，亞洲的英語教育卻並非按照英語的框架建立。很多人把英文文法當作「死記硬背的公式」，我認為造成這個現象的其中原因，就是亞洲的英語教育課程。

關於英文的框架，接下來會具體地說明。請見 p.17 的示意圖。

英文文法是由四大部分組成，p.17 的第一和第二為前半部，第三和第四為後半部。

圖 H-1 英文文法中，有讀過一遍絕不會忘的「學習順序」！

按照語言結構排序的文法順序

1. be 動詞
2. 一般動詞
3. 動詞的否定句、疑問句
4. 疑問句
5. 命令句
6. 五大基本句型
7. 冠詞
8. 介系詞
9. 連接詞
10. 形容詞
11. 副詞
12. 現在式
13. 進行式
14. 過去式
15. 未來式
16. 現在完成式
17. 過去完成式
18. 未來完成式
19. 完成進行式
20. 假設語氣
21. 敬語
22. 條件副詞子句
23. 助動詞
24. 不定詞
25. be to 句型
26. 分詞
27. 動名詞
28. 比較級
29. 被動語態
30. 使役動詞
31. 關係代名詞
32. 關係副詞

一般學校的英語課程

國一
1. be 動詞
2. 形容詞
3. 一般動詞
4. 名詞
5. 代名詞
6. can
7. 命令句
8. 疑問詞
9. 現在進行式

國二
1. 過去式
2. 未來式
3. 助動詞
4. There is 句型
5. 副詞
6. 不定詞
7. 動名詞
8. 連接詞
9. 句型
10. 比較級

國三
1. 被動語態
2. 現在完成式
3. 關係代名詞
4. 分詞
5. 介系詞

高一
1. 五大基本句型
2. 助動詞
3. 時態
4. 不定詞
5. 動名詞
6. 分詞
7. 分詞構句
8. 形容詞
9. 數詞
10. 副詞
11. 關係代名詞
12. 關係副詞
13. 強調
14. 省略
15. 倒裝
16. 插入
17. 比較級
18. 介系詞
19. 連接詞
20. 複數形

第一部分為「句子的基本結構（組成）」。一開始先學習 be 動詞與一般動詞相當重要，這個原因是因為動詞是語言中不可或缺的存在。英文中存在著沒有主詞的句子，例如命令句，然而沒有動詞的句子卻是不成立的。

如果想迅速習得一個新的語言，有一個方法就是大量增加動詞單字量。只要這麼做就能達到最低限度的溝通能力。就像這樣，**動詞在語言中是發揮如此核心作用的詞彙。**

此外，**在動詞、疑問句之後接著學習五大基本句型也非常重要。**在全世界大部分的語言中，文法是非常重要的要素（其詳細內容將在本論中說明）。相較之下，中文則不太重視文法，從全球的角度來看可以說是相當特殊的語言。

第二部分則是表示時間感覺的「時態」。在英文以外的語言中，時態也是最難學習的一道高牆。這是因為時態強烈地反映出該語言使用者對於事物的看法及價值觀。

不只是英文，對於全世界大部分的語言來說，只要熟練地掌握第一及第二部分，可以說是精通了該語言的 90% 也不為過。

後半部的第三及第四部分，則是在第一及第二部分的基礎上展開的內容。首先第三部分是**動詞的衍生型態**。透過在語言中扮演核心角色的動詞發展，衍生出更多元的表達方式。我將這部分的文法稱作「**動詞膨脹文法**」。第四部份則是由兩個以上的單字組合成的文法，我稱之為「**組合文法**」。

在學習英文以外的新語言時，如果是按照右邊的框架對照該語言的相應文法，也能以顯著的速度成長。

只要熟練①與②，就掌握了 90% 的基本。這兩個部份就是語言的「地基」。

① 句子的基本結構（組成）

1 be 動詞
2 一般動詞
3 動詞的否定句、疑問句
4 疑問句
5 命令句
6 五大基本句型
7 冠詞
8 介系詞
9 連接詞
10 形容詞
11 副詞

② 時態

12 現在式
13 進行式
14 過去式
15 未來式
16 現在完成式
17 過去完成式
18 未來完成式
19 完成進行式
20 假設語氣
21 敬語
22 條件副詞子句

③ 動詞的衍生型態

23 助動詞
24 不定詞
25 be to 句型
26 分詞
27 動名詞

④ 從組合中誕生的文法

28 比較級
29 被動語態
30 使役動詞
31 關係代名詞
32 關係副詞

英文和中文差異的真面目

 英文的「隱藏細微差異」是什麼？

　　繼框架之後，接下來會針對單字中蘊含的「隱藏細微差異」進行說明。隱藏細微差異這個詞彙是我自創的。我在目前的英文教育界所查詢到的範圍內，由於實在找不到貼切的詞彙，因此自創了這個單字。它的意思如下：

> 隱藏細微差異＝翻譯後會產生些許落差、母語者所感受到的單字本身的氛圍

　　對於英語學習者來說，隱藏細微差異是個麻煩的存在。很多人明明很努力學習英文，卻始終無法理解透徹，原因大多歸咎於對隱藏細微差異的理解不足。

　　隱藏細微差異的代表例子為「go（去）」和「come（來）」。請問下列的括弧中，要填入哪個單字呢？

> A: Dinner is ready now.（晚餐準備好了！）
> B: OK, I'm（　　　　　）.（好，我現在就過去。）

　　正確答案是 coming。明明翻譯是「現在就過去」，為什麼不是 going 呢？

這是因為，對母語者來說「go＝離開」，而「come＝靠近」。這就是單字中所蘊含的「隱藏細微差異」。

"I'm coming." 更精確的翻譯是「我正往你那邊靠近」的意思。不過，若是這樣翻譯會與人們日常說話的習慣不同，因此才會翻譯成「現在就過去」。

就像這樣，**如果僅以譯文為線索來理解的話，難免會不知不覺地在認知上出現落差。**因此在學習單字時，不僅要理解翻譯，還要理解隱藏的細微差異並修正落差才行。

也可以作為判斷用詞「是否恰當」的標準

要理解「隱形細微差異」的理由還有一個。那就是「**隱形細微差異」可以作為判斷用詞「是否恰當」的標準。**

單字的翻譯幾乎都是相同的意思，因此經常會出現不知道該使用哪個單字的情形。例如「hardly（幾乎不）」和「rarely（幾乎沒有）」在翻譯上幾乎看不出其中的差別。

不過，若知道下列的「隱形細微差異」，就能了解這兩個單字所傳達出的意思是完全不同的。

hardly：幾乎不（所以這次也不做）
rarely：幾乎沒有（但是偶爾會做）

透過本書來掌握隱藏細微差異與英文文法，你將會發現學習英文並不需要死背公式。

英文文法很難是歷史造成的

 英文的根源分為四個

在學習英文方面,為什麼了解各個文法的根源這麼重要呢?那是因為**掌握英文的根源,就能更輕鬆地整理思緒**。

實際上,英文是混合了日耳曼語和拉丁語等多種語言的產物。因此文法規則中存在許多不規則的部分,進而導致學習上容易混淆。

追溯歷史可知,隨著不同民族移居英國大不列顛本島,英文融合了多種語言的文法與詞彙並產生了變化。

若聚焦於英文的重大變化時期,可分為以下四個:

1. 古英文(Old English)
2. 中古英文(Middle English)
3. 近代英文(Modern English)
4. 現代英文(Contemporary English)

在後面將會依序說明。

 受日耳曼人影響的「古英文」

現代英文的原型古英文(Old English)是以「凱爾特語」和「日耳曼語」為主體的語言。

　　大約出現於距今一千五百年前，是以日耳曼民族向英文的發源地英國不列顛本島遷移為契機開始的。

　　直到五世紀左右，大不列顛島上還居住著凱爾特布立吞人（Celtic Britons）。不過在當時，與現代德國人有緊密關聯的日爾曼民族中的一個支派，開始遷移到此地（日耳曼人大遷徙）。因此，原本在島上使用的凱爾特語與新來的日爾曼語逐漸融合，形成了古英文。

　　古英語的字母與現今字母不同，各個地區的文法與單字也沒有統一。它是一種與現代英文相去甚遠的語言，就像中文以文言文來撰寫的文學一樣，必須學習才有辦法理解。

圖H-3　融合多種語言進而演變的英文

五世紀左右
日耳曼人大遷徙

凱爾特民族
布立吞人

1066 年
諾曼征服

【古英文】　凱爾特語＋日耳曼語
【中古英文】古英語＋拉丁文（法語）
【近代英文】1600 年～1900 年代
【現代英文】1900 年代至今

拉丁語加入後形成的「中古英文」

接下來出現的中古英文（Middle English），是由古英文與拉丁語結合所出現的語言。

1066 年法國北部的諾曼第君主征服了不列顛島，並成為英格蘭王。此時期在不列顛島所使用的古英文與諾曼第人使用的拉丁語彼此碰撞，進而形成了中古英文。

拉丁語指的是如葡萄牙、西班牙、法國、義大利等，原神聖羅馬帝國勢力範圍內所使用的語言。當時傳入不列顛島的是一種從拉丁語轉變到法語的過渡期語言。

以中古英文書寫的書籍中，最為著名的就是傑弗里·喬叟（Geoffrey Chaucer）的《坎特伯里故事集》（The Canterbury Tales）。這個時期的英文在單字等方面也與近代英文較接近，因此只要英文有一定的學習程度，就能看得懂大部分的內容。

與現代英文直接連結的「近代英文」

近代英文（Modern English）是指，進入十七世紀文法及單字都更加精煉，並且與現代英文十分相近的時期。

歷經了大航海時代，並以傳播基督教為目的統一了中古英文的文法和詞彙。直到二十世紀初，幾乎都沿用著相同的形式。

因應全球化持續簡化的「現代英文」

現代英文（Contemporary English）是指，簡化近代英文並在現今的英文圈中使用的英文。

近代英文原先是為了傳教而進行整理的英文，因此存在許多形式的艱澀表達。

在二十世紀左右，透過以鐵達尼號為象徵的巨大客輪，有大量移民開始移入英語圈。再加上第二次世界大戰後，美國作為戰勝國引領全球經濟，進而開始帶動全球各地的人以英文進行商業活動。

在英文圈的迅速擴大以及國際交流日漸頻繁的過程中，加速了「**英文簡化**」的推動。在學習英文時，「英文的簡化」是一個重要的關鍵詞，請留意這一點。

統一相似表達的單字，並省略部分文法後的英文，就是我們所學習的現代英文。

此外，持續全球化的今日，像是日語詞彙的「tsunami（海嘯）」、「edamame（毛豆）」等單字也被納入英文中使用。現代英文正受到各式各樣的語言影響而持續變化著。

文法中的「為什麼」全都可以解決！

到目前為止，我們已說明了如何自然而然獲得「母語者思維」的三個學習方法。只要掌握這三個學習要點，並解決對於各個文法如以下的疑問：

「為什麼這個文法是這個型態？」
「為什麼需要這個文法？」
「要在什麼樣的情形使用這個文法？」

就會驚訝地感受到，即便只讀過一次，英文文法仍舊清晰地留在腦海中。

第1章

英文的
基本結構

英文中「動詞」和「句型」占了九成

第一章將學習建立「英文的基本結構（組成）」的文法，可參考右圖。按照這個順序進行學習，將會對英文的基本結構有更深的理解。

首先，我們會從「英文基本結構」的大框架進行說明。當中最重要的就是「**動詞**」與「**句型**」。這兩個要素占了英文基本結構的九成以上。接下來，是「**冠詞**」與「**介系詞**」等「**在周圍支撐名詞與動詞的文法**」。最後，則是「**連接詞**」、「**形容詞**」和「**副詞**」。

首先，關於要從 be 動詞和一般動詞開始的理由，是因為不只是英文，**在絕大多數的語言中，動詞都扮演著核心角色**。並且在學習過「**否定句**」、「**疑問句**」、「**疑問詞**」和「**命令句**」這些與動詞關聯的文法後，接著進入「**句型**」的學習。

如同前面提到的，在全球絕大多數的語言中，句型是十分重要的要素。在「句型」之後，緊接著是 a、the 伴隨名詞出現的「**冠詞**」，和 in、to 伴隨動詞出現的「**介系詞**」。

到目前為止，一旦能寫出基本句子，接著就會需要學習能寫出長句的「**連接詞**」，以及詳細說明動詞和名詞的「**形容詞**」與「**副詞**」。

以上就是「英文基本結構」的整體內容。接著，將從下一節開始進行動詞的解說。

圖 1-1 第 1 章【英文的基本結構】的平面圖

動詞的文法

1 be 動詞（am, are, is 等）

2 一般動詞

與動詞相關的文法

3 動詞的否定句、疑問句

4 疑問句（what, who, where, when, which 等）

5 命令句

句型

6 五大基本句型
（S＋V、S＋V＋C、S＋V＋O、S＋V＋O＋O、S＋V＋O＋C）

伴隨著名詞／動詞出現的文法

7 冠詞（a / an, the）

8 介系詞（in, on, with, for 等）

寫出文長句的法

9 連接詞（but, if 等）

詳細說明名詞／動詞的文法

10 形容詞（cute, brave 等）

11 副詞（fast, well 等）

第1章
英文的基本結構

第2章
時態

第3章
動詞的衍生文法

第4章
從組合中誕生的文法

第5章
容易混淆的英文文法

為什麼 am, are, is
被稱為「be 動詞」？

英文中第一個也是最大的謎團「be 動詞」

在學生時期英文課的一開始，我就學到 am, are, is 叫做「be 動詞」。不過接著就跑出了以下疑問：

「為什麼 am, are, is 要叫做『be 動詞』呢？」

am 也好 are 也好 is 也好，哪裡都找不到 be 這兩個字母，為什麼會叫做「be 動詞」？

我詢問過許多老師，不過都只得到這種回答：「它就叫那個名字啊……」。或許我開始探索英文文法「為什麼」的旅程中，從那時起就開始萌芽了。

be 動詞的起源來自古英文

這個問題的答案，就要回到「be 動詞」的歷史。

「be 動詞」這個名稱的起源可以回溯到距今約一千五百年前出現的「古英文」。

當時的古英文是使用完全不同的單字，來表達現在的「am, are, is」（參考圖 1-2）。在右圖中，為了更容易理解，分為第一人稱 I、第二人稱 You、第三人稱 He 並與現代英文做對照。

第1章
英文的基本結構

第2章
時態

第3章
動詞的
衍生
文法

第4章
從組合中
誕生的
文法

第5章
容易混淆的
英文文法

圖 1-2 「be 動詞」的名稱起源來自「古英文」

	現代英文	古英文
I（第一人稱）	am	bēo
You（第二人稱）	are	bist
He（第三人稱）	is	biþ

「be 動詞」這個名稱是來自於開頭字母「b」，以及第一人稱的「bēo」。

　　當時的 be 動詞，第一人稱為「bēo」、第二人稱為「bist」、第三人稱為「biþ」。

　　仔細觀察「bēo, bist, biþ」，就會知道「b」是語幹（不變化的部分）。因此「be 動詞」這個名稱是從語幹「b」，以及使用頻率最高的第一人稱「bēo」命名而成的。

s b v 源自日耳曼語

　　古英文除了凱爾特語、日耳曼語外，也受到印度梵文等的影響。

　　當中「be 動詞」的字源「bēo, bist, biþ」，是來自日耳曼語。這個證據就是日耳曼語的直系子孫現代德文中，也使用同樣以 b 開頭的「bin」，作為對應英文「am」的詞彙。

為什麼「be 動詞」的變化都不一樣？

s v 依照主詞而變化

在前一節中，提到「be 動詞」這個名稱是古英文遺留下來的詞彙。接下來，會針對「為什麼 be 動詞『am, are, is, was, were』沒有規則性呢？」的疑問來做說明。

首先，我們先來複習 be 動詞的變化。be 動詞會根據「主詞是第幾人稱」，如下圖進行改變。

若詳細的說明「be 動詞變化沒有規則的理由」，本書會變成太過專業的書籍。因此這裡只會簡潔地介紹結論。

圖 1-3　be 動詞的變化

第一人稱	**I am a teacher.** 我是老師。
第二人稱	**You are a teacher.** 你是老師。
第三人稱	**He / She is a teacher.** 他／她是老師。
複數名詞	**We / They are teachers.** 我們／他們是老師。
第一、第三人稱 過去式	**I / He / She was a teacher.** 我／他／她曾是老師。
第二人稱、 複數名詞過去式	**You / We / They were teachers.** 你們／我們／他們曾是老師。

第1章
英文的基本結構

第2章
時態

第3章
動詞的衍生文法

第4章
從組合中誕生的文法

第5章
容易混淆的英文文法

s ▶ v◀ 起源於印度語系與北歐語系的語言

　　am、is 和 was 的起源是印度梵語中的「asmi」、「asti」、「vasati」，are 來自於古北歐語的 art，were 來自古北歐語的「wesa」、「wesan」。英文屬於「印歐語系」，因此與印度和歐洲語言有著相近的祖先。

　　古英文時期，使用印度語系和北歐語系語言的人們大量移居到不列顛島，使得這兩個民族使用的詞彙後來居上，超越了古英文的「bēo, bist, biþ」。

　　然而，語言的特色就是「使用人數」多的一方會留下，因此多數派隨著時代變化，並以現在的型態流傳至今。

　　如此一般，be 動詞的變化都不一樣的原因，就是因為「每個詞彙的詞源都不同，並且與時俱進演變而來的」。

圖1-4　be 動詞受到許多語言的影響

語源		現今 be 動詞的變化
梵語「asmi」	省略並朝 am 變化	am
古北歐語「art」	變化成 are	are
梵語「asti」	省略並朝 is 變化	is
梵語「vasati」	v 變為 w、簡化成 was	was
古北歐語「wesa」「wesan」	簡化「wesa」、「wesan」，變成 were	were

「是」以外的「be 動詞」翻譯

s ▷ v be 動詞的三種用法

　　這個章節將介紹「be 動詞的含意」。相信過去應該有不少人被教導 be 動詞代表「是～」的意思。或許一開始可以接受這樣的說法，但漸漸可能會遇到無法適用「是～」的情境，並開始對 be 動詞的使用方式感到困惑。相信有這種經驗的人應該很多吧！

　　事實上，be 動詞帶有 ①性質、②狀態、③所在「三種隱藏細微差異」。只要能理解這三種細微差異，就能更正確地掌握 be 動詞。

s ▷ v be 動詞的使用方式 ①「性質」

　　① 性質用於表示「不變的事物」。舉例來說，在說明「I am a teacher.（我是老師）」時，在當下「老師」這個身分並未改變。

　　「I am from Kyoto.（我來自京都）」也相同，使用 be 動詞說明「性質」。這個例句中，要注意 from 帶有「～從哪裡離開」的隱藏細微差異。

　　換句話說，「I am from Kyoto.」蘊含著「我從京都離開」的語意，更嚴格的翻譯就會變成「我在京都出生長大，並處在（一直）離開那裡的狀態」的句子。但是在日常會話當中，這個句子已被固定為「我來自京都」的意思。

第1章
英文的基本結構

第2章
時態

第3章
衍生動詞的文法

第4章
從組合中誕生的文法

第5章
容易混淆的英文文法

圖1-5 be 動詞的三種用法

① 性質……不變的事物

I am a teacher.

我是老師。

② 狀態……當下暫時的狀態

He is tired.
（形容詞）

他很累。

③ 所在（在～）……人或物位於何處

She was in the garden.

她剛剛在花園。

s v be 動詞的使用方式 ②「狀態」

② 狀態用於表示「當下暫時的狀態」。

「He is tired.（他很累）」帶有「（當下的時間點）他很累」的細微差異，並暗示「體力總會恢復」。像這樣表示狀態的常見特點，就是在 be 動詞後連接形容詞。

s v be 動詞的使用方式 ③「所在（在～）」

③ 所在（在～）用於表示「人或物位於某處」，例如「She was in the garden.（她剛剛在花園）」。

也許有不少人會覺得「be 動詞的使用方式很難」，但其實這三種方法便可以說明全部。

為什麼只有「第三人稱單數現在式」的動詞要加 s？

「第三人稱・單數・現在式」的謎團

be 動詞會按照主詞變化，另一方面 swim（游泳）和 read（閱讀）等一般動詞，在「第三人稱、單數、現在式的情境，字尾會加 s」。

【例】He / She **swims**.（他／她游泳。）

這也就是所謂的「**第三人稱單數加 s**」。為什麼只有「第三人稱、單數、現在式」的時候，動詞要加 s 呢？

起初所有動詞都要按照主詞進行變化

在古英文與中古英文時期，其實所有動詞都要配合主詞變化。這不是罕見的現象，現今的歐洲語言即使是現在式的動詞，也會按照不同主詞進行改變。

以西班牙語為例（請參考圖 1-6）。

在西語中，第一人稱（我）、第二人稱（你）、第三人稱（他／她）、第一人稱複數（我們）、第二人稱複數（你們）、第三人稱（他們／她們）的動詞現在式全都要變化。也就是說在學習西文時，光是一個現在式的動詞，就必須記住六種變化。雖然記動詞相當辛苦，但也有「透過動詞變化，可省略主詞」的優點。

例如「nado」，即使省略主詞，聽者還是可以知道「這是第一人稱的單字，所以主詞是我」。

就像這樣，**歐洲語系從過去到現在，都具有使用動詞變化並省略主詞的特徵**。

---

s ⊃v 省略「記住動詞的麻煩」

那麼，為什麼現在的英文只剩下「第三人稱單數加 s」呢？這部分可以用**英文採取了與其他歐洲語言相反的思維**來解釋。換言之，英文是朝著「**敘述主詞並省略動詞變化**」的**方向進行改變**。透過這樣的改變，就不需要記住複雜的動詞變化，記住動詞也就容易多了。

另一方面，強調會話中經常出現的「第三人稱單數現在式」，可以更容易幫助人們理解，因此在各種變化中，僅保留最低限度「在句尾加 s」的變化形式。

圖1-6 在眾多的歐洲語言中，動詞會根據主詞改變		
	英語	西班牙語
（我）	**I swim**	Yo nado
（你）	**You swim**	Tú nadas
（他）	**He swims**	Él nada
（我們）	**We swim**	Nosotros nadamos
（你們）	**You swim**	Vosotros nadais
（他們）	**They swim**	Ellos nadan

西班牙語的動詞會依照主詞而改變，然而與許多歐洲語言相異，英文則是朝著敘述主詞、省略動詞變化的方向前進。

「be 動詞」與「一般動詞」的使用區分訣竅

S ∨　「be 動詞」與「一般動詞」的「語感」不同

　　許多情境經常讓人不知道應該使用 be 動詞還是一般動詞，例如「他在床上睡覺」這個句子，可以用以下兩種講法。

---

① He is in bed.
② He sleeps in bed.

　　這兩句看起來都是很好的句子，但實際上例句 ① 與 ② 在語感上有微妙的差異。

S ∨　「be 動詞」用於「靜態」，「一般動詞」用於「動態」

　　例如：He has three cats.（他養了三隻貓），這個句子傳達出說話者在積極養貓咪的細微差異。

　　譯文中「飼養」這個動詞，似乎沒有那麼積極的感覺。那麼，我們來比較以下兩個句子。

---

③ He has three cats.（他養了三隻貓。）
④ There are three cats in his house.
（他家裡有三隻貓。）

第1章
英文的基本結構

第2章
時態

第3章
動詞的衍生文法

第4章
從組合中誕生的文法

第5章
容易混淆的英文文法

能感受到翻譯上的微妙不同嗎？

例句 ③「他養了貓」，傳達著他積極地照顧貓的生活。

另一方面，例句 ④ 與字面上相同，感受不到他照顧貓咪的積極性。以同樣的思維來看，① He is in bed. 聚焦於「他在床上睡覺」的情景（靜態）。相反的，② He sleeps in bed. 則傳達著「他在床上讓自己的身體休息。」的動態（積極）細微差異。

母語者首先會以「靜態或動態」來區分 be 動詞和一般動詞，之後才是單字的選擇。

在一般的口語會話中，只要有動詞基本上都沒有問題。不過，若想要更精確恰當地使用 be 動詞及一般動詞，請一定要試著從「靜態、動態」的觀點來思考。

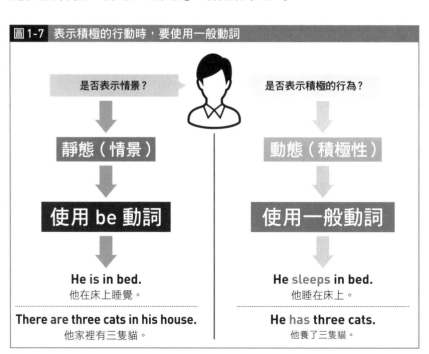

圖 1-7 表示積極的行動時，要使用一般動詞

是否表示情景？　　　是否表示積極的行為？

靜態（情景）　　　動態（積極性）

使用 be 動詞　　　使用一般動詞

He is in bed.
他在床上睡覺。

He sleeps in bed.
他睡在床上。

There are three cats in his house.
他家裡有三隻貓。

He has three cats.
他養了三隻貓。

「be 動詞」與「一般動詞」其實是相同的規則！

ⓢⓟⓥ 英文「否定句」與「疑問句」的寫法

請看以下 be 動詞的肯定句。

【肯】He is tired.（他很累。）

表示否定句「他不累」時，<u>要在 be 動詞後面加上否定詞「not」</u>。

【否】He is not tired.（他不累。）

表示疑問句「他累嗎？」時，<u>將 be 動詞移動到句首，並在句尾加上「?（問號）」</u>，如同以下的例句。

【疑】Is he tired?（他累嗎？）

就像這樣，be 動詞的否定句與疑問句規則相當簡單。這是在國一英文課中學到的文法規則，相信大部分的人一下子就記住了。

ⓢⓟⓥ 以前的規則更單純

回顧英文的歷史，過去有段時期的否定句，只是在 be 動詞後面加上「no」而已。

第1章
英文的基本結構

第2章
時態

第3章
衍生文法
動詞的

第4章
誕生的文法
從組合中

第5章
英文文法
容易混淆的

He is **no** tired.

而且疑問句也是一樣的，在句尾加上問號即可。

He is tired**?**

過去式用跟肯定句相同的型態，只是在句尾加上「**?**」並上揚發音而已。

否定句與疑問句雖然在過去的某段時期使用了如此單純的型態，但隨著時間的流逝，最終定型成開頭提到的規則。

也許這是因為在使用的過程中，許多人感受到了一些不便之處，例如「no 的發音較弱，在否定句不易辨識」、「疑問句和肯定句的形式相同，聽起來都一樣」等。

又或者因為這是過去許多人使用過最容易理解和運用的規則，所以隨著時間流逝，才演變成現在的形態。

s v ▸ **出現在一般動詞「否定句」與「疑問句」中的「do」謎團**

與 be 動詞相比，一般動詞的否定句和疑問句的規則稍微複雜一些。

首先，先來複習一般動詞的否定句和疑問句。我們先假設一個一般動詞的肯定句。

【肯】They come here today.（他們今天來這裡。）

將這個句子改成否定句「他們今天不來這裡」時，要在動詞前面加上「do not」，如下一頁的句子。

39

【否】They **do not (don't)** come here today.
（他們今天不來這裡。）

將句子改成疑問句「他們今天會來這裡嗎？」時，**do 要放在句首，並在句尾加上「？」**。

【疑】**Do** they come here today?（他們今天來這裡嗎？）

乍看之下會覺得這是一個單純的規則，不過「為什麼否定句和疑問句中，會突然出現 do 呢？」抱有這樣疑問的人應該也不少。

要解釋這個原因，可以從現今仍在使用的「**強調表達**」中找到線索。

S V 在過去，肯定句也使用「do」

為什麼否定句和疑問句中，會突然出現「do」呢？

要解開這個謎團，還需要再次回溯英文的歷史。實際上，**在古英文到近代英文的期間，連肯定句都要像下列句子一般使用 do**。

They **do come** here today.

在現代英文中，若使用這種型式，會形成強調動詞「come」的表達，代表「他今天**一定會來這裡**」的意思。

不過**直到近代英文為止，「do＋動詞原形」被視為一個組合，代表著一個動詞**。讓我們再從頭整理一遍。

第1章
英文的基本結構

第2章
時態

第3章
衍生的
動詞
文法

第4章
誕生
從組合中
的
文法

第5章
英文
容易混淆
文法
的

圖 1-8　事實上 be 動詞與一般動詞的否定句與疑問句規則都是相同的！

be 動詞的否定句與疑問句規則

【肯定句】 He is tired.　　　他很累。
【否定句】 He is not tired.　　他不累。
【疑問句】 Is he tired?　　　他累嗎？

一般動詞的否定句與疑問句規則

（第二人稱）
【肯定句】 They do come here today.
【否定句】 They do not come here today.　← 在 do 後面加上 not
【疑問句】 Do they come here today?　← 將 do 放在句首，句尾加上？

（第三人稱）
【肯定句】 He does come here today.
【否定句】 He does not come here today.　← 在 does 後面加上 not
【疑問句】 Does he come here today?　← 將 does 放在句首，句尾加上？

（第三人稱過去式）
【肯定句】 He did come here today.
【否定句】 He did not come here today.　← 在 did 後面加上 not
【疑問句】 Did he come here today?　← 將 did 放在句首，在句尾加上？

【肯】They **do** come here today. ← 在動詞前加上 do
【否】They **do not** come here today. ← 在 do 後面加上 not
【疑】**Do** they come here today**?** ← 將 do 放在句首，在句尾加上？

　　只要將 do 改成 is，就能按照與 be 動詞相同的順序，寫出否定句和疑問句。

　　在現代英語中，只有肯定句不需要使用「do」，因此往往會被認為是不同的動詞。但實際上一般動詞的否定句與疑問句和 be 動詞是相同規則。「在否定句、疑問句中出現的do」不是突然出現。而是**原本隱藏在肯定句中的 do，按照與 be 動詞相同的規則移動過來的**。

接下來我們來思考，使用「第三人稱單數現在式 s」否定句、疑問句的寫法。使用「第三人稱單數」的主詞時，「does」會出現並取代「do」。

【肯】He likes cat. ← 第三人稱單數加 s

【否】He **does not** like cats. ← 在 does 後面加上 not

【疑】**Does** he like cats? ← 將 does 放在句首，句尾加上?

原本「does」是 do 後面加上 s 的「dos」，不過為了使發音更接近 do，因此加上了 e，變成「does」。過了不久它的發音就變成了 [dʌz]，並沿用至今。

說到這裡，就會出現「為什麼否定句與疑問句中，要使用 does＋動詞原形？」的疑問。要解開這個謎團的關鍵，就是之前所說明的「**動詞＝do＋動詞原形**」。直到近代英語，以「第三人稱單數現在式」為主詞的肯定句，型態皆如以下的例句。

【以前的肯定句】He **does like** cats. ← 加上 does

就像這樣，肯定句以前<u>並非使用「動詞＋s」，而是「does＋動詞原形」</u>。在學校，也許大家都是直接學習「does 後面要使用動詞原形」。然而從歷史的角度來看，則是<u>「為了省略肯定句的 does，而將 does 的 s 移動到動詞原形上」</u>。

第1章
英文的基本結構

第2章
時態

第3章
動詞的衍生文法

第4章
從組合中誕生的文法

第5章
容易混淆的英文文法

s ⊃v 過去式的否定句和疑問句是相同的思維

關於動詞的過去式，將在第二章進行說明。不過，否定句與疑問句的思考方式與 does 完全相同。

【肯】He ~~did~~ came ~~come~~ here today.
【否】He **did not** come here today. ← 在 did 後面加上 not
【疑】**Did** he come here today**?** ← 將 did 放在句首，在句尾加上?

肯定句的思考方式也與「does」相同。過去曾使用 do 的過去式「did＋動詞原形」，目前已被省略，改為將動詞原形變化成過去式。

s ⊃v 在過去的英文中，動詞被當作名詞使用

關於過去使用「do＋come（來）」、「do＋swim（游泳）」的緣由眾說紛紜，我認為可以解釋成「動詞原形被當作名詞使用」。

「動詞原形被當成名詞使用」的起因，來自於拉丁語及日耳曼語。例如現代西班牙語的「想去」為「quiero ir」。「quiero」是「想要～」的意思，「ir」則是「去」的原形。換句話說，在現代的拉丁語言中，仍然有像「quiero ir（想去）」一樣，將動詞原形當作名詞使用的表達方式。

到目前為止，我們已經說明了否定句與疑問句，不管是 be 動詞還是一般動詞，基本上都是以相同的思維所構成的，大家是否更明白了呢？

拋開「5W1H」以「8W1H」來理解

S V 疑問詞以「8W1H」來理解

說到疑問詞，在學校課程中學到 5W1H 的人，應該也不少吧！

5W1H 中，what, who, where, when, why 為「5W」，how 則為「1H」。其實除了這六個疑問詞外，which, whose, whom 這三個疑問詞也經常被使用，因此最好記為「8W1H」。

圖1-9　「5W1H」與「8W1H」

8W	5W	What	什麼
		Who	誰
		Where	哪裡
		When	什麼時候
		Why	為什麼
		Which	哪一個
		Whose	誰的
		Whom	誰
	1H	How	如何

第1章
英文的基本結構

第2章
時態

第3章
衍生動詞的文法

第4章
從組合中誕生的文法

第5章
容易混淆的英文文法

s ⊃v▶ 疑問詞用來詢問「yes / no」以外的答案

「8W1H」的疑問詞並非用來詢問單純的「是／不是」問題，而是用來詢問「什麼東西？」、「誰？」、「在哪裡？」、「什麼時候？」、「如何？」等更加具體的答案。

這當中要留意的疑問詞，就是表示「誰」的 whom。直到十九世紀，whom 依然被明確地區分使用。隨著朝向現代發展，簡化的趨勢也越明顯，現今多以 who 來代替使用。不過在合約等正式文件中，仍需要明確地區分這兩個疑問詞。

s ⊃v▶ 疑問詞的使用方式

疑問詞如下圖，必須放在句首使用。先說出疑問詞，聽者便能立刻注意到「他們被問了一個問題」。

圖 1-10 疑問詞必須放在句首

What **do you want?**	你想要什麼？
Who **did you meet there?**	你在那裡遇到了誰？
Where **does he go?**	他要去哪裡？
When **is your birthday?**	你的生日是什麼時候？
Why **are you so busy?**	你為什麼那麼忙？
Which **girl is your daughter?**	哪個女孩是你的女兒？
Whose **pen is this?**	這是誰的筆？
Whom **is this book about?**	這是關於誰的書呢？
How **can we buy the tickets?**	我們該如何買票？

非疑問形式的
疑問詞使用方法

---

s v 非疑問形式的疑問詞使用方法 ①「間接疑問句」

前一個章節中提到了「疑問詞一定要放在句首」。

在這個章節要留意的是，**將疑問詞放在句子中間的「間接疑問句」**。我們來以「我不知道他要去哪裡。」這個句子為例來進行說明，以下是容易出錯的句子：

> ・我不知道他要去哪裡。
> ✕ I don't know **where does he go?**
> ◯ I don't know **where he goes.**

首先，將這個句子與之前提到的「否定句、疑問句的規則」進行比較。在這個句子中，**由於疑問詞與 don't (do not) 並沒有放在句首，因此可以判斷為否定句。**

並且因為並不是要詢問「他要去哪裡？」，所以也沒有發生「do 的移動」。在英文中，可以透過句首是否有疑問詞或助動詞，來判斷是否為疑問句。

因此，**將句子中間的疑問詞視為肯定句是正確的。**

第1章
英文的基本結構

第2章
時態

第3章
動詞的衍生文法

第4章
從組合中誕生的文法

第5章
容易混淆的英文文法

還有一種使用方式，如同以下的形態。

① **Who** runs the fastest?（誰跑得最快？）
② **What** happened?（發生什麼事了？）

仔細看這兩個句子，會發現它們並不是使用「Do you ~ ?」和「Does she ~ ?」的疑問句。（因為沒使用 does 或 did，所以動詞並不是原形。）

這究竟是怎麼回事呢？這是因為在這兩個句子中，「Who（誰）」與「What（什麼）」分別為句子的主詞。

一般使用疑問詞的句子，如同以下的例句，除了疑問詞外還有主詞，因此可以使用更換動詞的疑問句形式。

Who did **you** meet there?（你在那裡遇見了誰？）

不過，當「who 與 what 是主詞時」，也會令人十分困擾。舉例來說，「Does who run the fastest?」當 does 放在句首時，就會與「疑問詞應放在句首的規則」相互矛盾。

然而，若改成「Who does run the fastest?」，則會因為 does 後面沒有主詞，而形成不通順的句子。

因此例句 ① 和 ② 的用法，是在經歷種種困惑及碰撞下，最終演變成「直接以肯定句的語序提出疑問」的形式。

為什麼「5W1H」中，只有 How 是以 H 開頭？

⃝s⃝v 關於只有「How」是以 H 開頭的謎團

「8W1H（5W1H）」中，只有 how 的開頭字母是「h」。

how 以外的疑問詞，what, who 等全部都是以「wh」開頭。如果 how 也是以 wh 開頭的話，就會變成「9W（6W）」，非常清楚簡單。

⃝s⃝v 從古英文時期開始就省略了「w」

「為什麼只有 how 的開頭字母是 h 呢？」關於這個疑問，可以從英文的歷史中找到答案。

現在以「wh」開頭的疑問詞，在古英文時期都是以「hw」開頭的單字，例如「hwat（什麼）」、「hwo（誰）」、「hwū（如何）」。這些拼字的變化，是發生在諾曼人侵略後的中古英文時期。

自從拉丁語（法語）系的人移入不列顛島後，古英文的拼字就發生了部分的改變。其中，「hwat」變為 what，「hwo」變為 who。

由於法語等拉丁語言中的 h 不發音，造成 hwat 或 hwo 等以「hw 開頭的疑問詞」發音困難。因此後來便以 w 代替 h，並寫成 what 和 who（when 或 which 等其他疑問詞也相同）。

第1章
英文的基本結構

第2章
時態

第3章
動詞的衍生文法

第4章
從組合中誕生的文法

第5章
容易混淆的英文文法

另一方面，現今 how 的前身「hwū」，是源自於古英文確立前的古日耳曼語（Proto-Germanic）等語言。

「hwū」在古英文時期的發音為 [hu:]，並在當時便開始省略 w，寫成「hū」。由於之後來到不列顛島的諾曼人不發 h 的音，因此當時的人們便將「hū」發成「嗚」的發音。

而隨著時代改變，發音逐漸朝向 [haʊ] 變化，並且配合變化後的發音，在字尾加上了 w，最終寫成 how。

像這樣的相互影響，在現今的英文與法文中也經常可以看到。例如，「theater（電影院）」這個單字，法文為「theatre」，是將「er」與「re」相反過來而已。

在紐約目前還留有寫著「theatre」招牌的古老電影院，這些都是來自於法文。

圖 1-11 疑問詞朝著「容易發音」的方向變化

圍繞在命令句的兩個謎團

s þv 確認命令句的規則

命令句是要求對方做出特定動作的句子，這個用法是省略主詞，並將動詞放在句首。

〈肯定命令〉（做～）

~~(You)~~ **Open** the window.（開窗）

〈否定命令〉（不要～）

~~(You)~~ **Don't** (Do not) **open** the window.（不要開窗）

使用方法很簡單，省略句子的主詞即可。一般這樣句子就算結束，但是關於「命令句的規則」還留有兩個謎團。

s þv 為什麼沒有主詞？

第一個謎團就是「為什麼命令句要省略主詞呢？」

有些語言經常會省略主詞，因此沒有主詞並不是奇怪的現象。不過英文因為有「必須加入主詞，使動詞變化最小化」的歷史，因此句子一般都有主詞。但為何命令句要省略主詞？首先一個理由是，命令句是針對眼前的人說話。沒有人會向不在眼前的人命令「打開窗戶」。也就是說，因為說話對象很明確，因此就算省略主詞也能傳達。另一個理由則是，若沒有省略主詞容易與平常的肯定句或否定句混淆。

第1章
英文的基本結構

第2章
時態

第3章
動詞的
衍生文法

第4章
從組合中
誕生的文法

第5章
英文文法
容易混淆的

s pv 為什麼動詞要用原形呢？

還有另一個謎團就是「為什麼動詞要用原形呢？」

剛才說明了「命令句是針對眼前的人所說的話」，但前提是主詞必須為第二人稱，因此不使用「第三人稱單數現在式的 s」。

那麼問題來了，「為什麼是現在式？」關於這個問題在學術上眾說紛紜，至今尚未統一解釋。其中一個說法提到這個原因是因為「時態很模糊」，以命令「打開窗戶」的情況為例。

①現在立刻要求對方開窗，時態為現在
②窗戶得過一下才被對方打開，時態為未來

有兩種思考方式並且時態不明確。因此，有一說認為作為逃避的手段，「當時態不明確時，就使用現在式」。

還有一種想法，但光靠這種思考方式還是有無法解決的問題。那就是「在許多語言中，以動詞原形說話，會形成強烈命令句」的法則。

例如中文簡短的「開窗！」命令，要比更多文字修飾的「快點開窗！」感覺更加的簡潔而強烈。而在西班牙文或義大利文等，在我有限的調查範圍所知的語言中，基本都是共通的。這個謎團的答案，也有一派說法是「語言最根本的型態就是原形」。除了人類以外，動物也有自己的語言，不過大部分都是像「立刻做這個」，表示現在這個瞬間的命令。也就是說，命令型態是語言的出發點，而這個影響仍存在於現今我們所使用的語言。

英文中「順序」是核心

S P V 句型就是單字排列的順序

疑問詞之後，接著要說明為了說出複雜句子，所需要的「**五大基本句型**」。

首先，五大基本句型的「句型」，在英文句子中就是「**單字排列的順序**」。儘管只是學習「單字排列的順序」，但還是有很多人覺得五大基本句型「很難」。

S P V 英文以「順序」決定一切

為什麼英文不像其他語言一樣有助詞的存在，卻能知道主詞與受詞呢？

這是因為「**英文是以單字的順序決定主詞與受詞的**」。若改變英文單字的順序會變得如何呢？來看以下例句：

He ate an apple.（他吃了蘋果。）

① An apple ate him.（蘋果吃了他）

→ 變成相反的意思

② Ate he an apple.（吃了他蘋果）

→ 意思不通

第 ① 個句子調換了單字順序，因此主詞與述詞也跟著調換，形成相反的意思。

第 ② 個句子的動詞放在句首，因此帶有命令句的語氣。另外也無法判斷 he 和 an apple 指的是什麼。

就像這樣，「順序是英文的核心」，若順序不同，可能會無法傳達意思。

因為中文的句子順序跟英文很類似，因此如果覺得五大基本句型很難理解時，直接以中文的順序去思考就能解決大部分的問題。最主要的還是本書一開始的宗旨，不要把五大基本句型當成公式背誦。

第1章
英文的基本結構

第2章
時態

第3章
衍生動詞的文法

第4章
從組合中誕生的文法

第5章
容易混淆的英文文法

句型從確定主詞和述詞開始

ｓ ⊃ｖ 第一句型「S＋V」

在這個章節中，會針對五大基本句型一一做說明。首先是「第一句型」，就如同以下的例句：

> **第一句型　〈主詞（S）＋述詞（V）〉**
> 【例】I go.（我走。）

第一句型是英文最基本的結構，是**由第一個單字「主詞」和第二個單字「述詞」，所組成的句子。**

在其他的語言，像是日文因為有助詞，因此排列順序在日文中並沒有那麼重要。但是由於英文沒有助詞，因此是**由順序來決定主詞與述詞**。第一句型是英文句子的基本型態，相信從這個句型便可以明白，在思考英文時應該從「**確定主詞與述詞開始**」。

ｓ ⊃ｖ V 不是動詞，而是「述詞」

關於句型的說明，「S」是主詞（subject），「V」是述詞（verb）。verb 這個詞是來自拉丁語中的「verbum（詞彙）」。查字典會發現，這個單字被翻譯成「動詞」，因此很多人都誤會「V＝動詞」。

這邊要注意的是，**主詞或述詞指的是「在句子中所擔任**

的角色」，和名詞或動詞等「各個單字的詞性」是完全不同的概念。

名詞、動詞或形容詞，即使在句子中調換順序，也不會改變名詞、動詞或形容詞本身的狀態。

另外，主詞與述詞代表「在句子中所擔任的角色」，因此是和「主詞」、「動詞」等以不同觀點來看的詞彙。

舉個容易理解的情境為例：「英文教師 A」。以個別來看時，A 身為英文教師，不論在家還是在公車上，他「本身的職業」都不會改變。

不過當他去餐廳時，就會變為「客人」的立場。換句話說，「詞性」就是這個單字本身的職業，「主詞與述詞」則是在這個狀況下的立場。

ᔆᵛ 第二句型「S＋V＋C」

第二句型是在 S＋V 後面，加上作為「補語」的單字，構成如下列型態的句子。

第二句型〈主詞（S）＋述詞（V）＋補語（C）〉

【例】① I am a student.（我是學生。）
　　　　 S V 　C〈補語〉

② He is busy.（他很忙。）
　　 S 　V C〈補語〉

C 源自於「Complement（補充）」這個詞彙，負責說明主詞（S）與述詞（V）的關係。

在例句 ① 中，若只有「I am.（我是）」會不清楚這個句子到底在表達什麼。因此加上補語「a student」，形成「I am a student.（我是學生。）」一個意思完整的句子。

例句 ② 也一樣，「He is.（他是）」的意思不完整，因此透過補充說明「He is busy.（他很忙。）」，而變成意思完整的句子。

第二句型具有「對調主詞和補語，意思也不改變」的特徵。例如將例句 ① 改為「學生是我」，例句 ②「忙的是他」一樣，主詞與補語是對等關係。

⬛ 第三句型「S＋V＋O」

第三句型是在述詞後面加上「受詞（O）」。O 源自於「Object（對象）」，相當於中文表示「對象（人或物）」的單字。

第三句型　〈主詞（S）＋述詞（V）＋受詞（O）〉
【例】① I meet her.（我遇到她。） 　　　　S　V　**O（對象）**〈**受詞**〉 ② He wants a car.（他想要車。） 　　S　　V　　**O（對象）**〈**受詞**〉

實際在寫英文句子時，只要記得在述詞後加上表示對象的單字就可以了。

第一句型到第三句型的共通部分，就是「先主詞（S）再述詞（V）」的原則，和中文的語序是一致的。只要好好了解這點，並針對「英文的順序」就不會再混淆了。

第1章
英文的基本結構

第2章
時態

第3章
衍動
生詞
文的
法文
法

第4章
從組
誕合
生中
的文
文法
法

第5章
英容
文易
文混
法淆
的

s v 第四句型「S＋V＋IO＋DO」

第四句型是第三句型的發展型。在第三句型中，受詞（O）只有一個，例如「他想要車」。

但在第四句型，例如「我給她戒指」這個例句，會出現**兩個受詞**。第四句型的順序如下：

第四句型〈主詞（S）＋述詞（V）＋間接受詞（IO）＋直接受詞（DO）〉

【例】I give her   a ring.（我給她戒指。）
　　　S V **IO**   **DO**

首先根據中文的表達，可以將述詞後面對應的受詞稱為「間接受詞（Indirect Object, IO）」，將間接受詞後面對應的受詞稱為「直接受詞（Direct Object, DO）」加以區分。

接下來在基本型「S＋V」後面，按照「IO＋DO」的順序排列成「S＋V＋IO＋DO」，這樣第四句型就完成了。

s v 英文是以「重要度」來決定順序

也許有人會抱持著「為什麼同樣是受詞，卻是間接動詞先出現呢？」的疑問。有一說較具說服力的見解提到，「是因為比較重視間接受詞的緣故」。

從「主詞與述詞優先」的原則就可以明白，英文具有「先出現的單字比較重要」的使用習慣。

第四句型中，如同上述的例句「我給她戒指」一樣，通常間接受詞多為人，直接受詞則多為事物。而先說出大多表示人的間接受詞，似乎已成為了使用規則。

第四句型「SV＋IO＋DO」的順序說明了，「因為間接受詞（IO）比較重要，所以要先講的規則」。但是根據情境的不同，想強調「直接受詞（DO）」的情形也不少。

例如當被問到「你給要給她什麼呢？」時，想強調戒指並回答「我要給她戒指」的情境。

不過，若只是單純的把想強調的單字往前移，就會像下列的句子一樣，產生巨大的誤解。

✕ I give **a ring her**.（我給戒指她）
　S V 　　**DO IO**

第四句型會依照順序，自動決定 IO 或 DO。如果像上面的句子那般直接對調順序，就會變成「我給戒指她」。

因此要像下列的句子那樣，使用介系詞並「對調 IO 和 DO，形成強調 DO 的句子」。**在 IO 和 DO 中間使用的「to」作為「受詞已對調」的標示功能**。

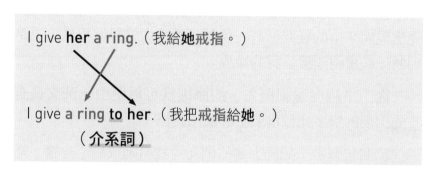

I give **her** a ring.（我給**她**戒指。）

I give **a ring to her**.（我把戒指給**她**。）
　　　　（**介系詞**）

就像這樣，將 IO 和 DO 調換並使用介系詞時，就不再是第四句型，而是作為第三句型（S＋V＋O）來使用。

s ⯈v 第四句型 → 第三句型的「to」和「for」的使用區別

第四句型 → 第三句型的間接受詞（IO）前，除了「to」之外，也有使用「for」的情形。

【例】

① 我給她戒指。

I **give** a ring **to** her. (lend / send / tell / show)

② 我買戒指給她。

I **buy** a ring **for** her. (make / cook / get / produce)

這兩者的使用畫分，不僅在考試中經常出現，在日常會話中也常常使用。就算是精通英文的人，也有不少人是憑著感覺來使用，而沒辦法清楚地區分兩者。

關於區別的方法，只要比較連接 to 的單字與連接 for 的單字，就能大概地了解之間的共通點。

① to → 用在「一定要有對象的動詞」。

② for → 用在「單獨存在也可以的動詞」。

我們來看關於 ① 的動詞。

give（給）、send（送）、tell（告訴）、show（展現）等動詞，都帶有「向對方進行動作」的方向性。

例如「I go to Tokyo.」這個例句，介系詞 to 帶有朝著某方向的細微差異，因此上述動詞都與 to 一同使用。

關於 ② 的動詞，像是 buy（買）、make（製作）、cook（煮飯）、get（得到）等，都是**沒有對象也能完成的行為**。

「買戒指給她」的行為，即使句子中沒有說明對象，也能進行動作。而「製作戒指給她」的行為也一樣，即使沒有說明對象也能進行。

② 的動詞在意思上帶有「為了～而做～」的細微差異，和直接給予某物並使用「to」的動詞不同，並不具有方向性的概念。

ʂ ꓯ v 第五句型「S＋V＋O＋C」

最後的第五句型，型態如下：

【例】

① 我將我的貓取名為 Ume。

I named my cat Ume.

---

② 我想讓我太太幸福。

I want to make my wife happy.

這個句子的組成順序如下：

第五句型

〈主詞（S）＋述詞（V）＋受詞（O）＋補語（C）〉

例句 ① 中，「my cat（我的貓）」為受詞（O）。到這邊為止是「我幫我的貓取名了」的意思，卻無法了解「到底

取了什麼名字」。因此，在受詞後面加上表示「取了什麼名字」的「補語（C）」，將意思補充完整，就形成了第五句型。

補語在第二句型裡有說明過，相當於「我是～」中的「～」。事實上，受詞（O）與補語（C）具有下列的祕密關係。

I named my **cat Ume**. → **My cat is Ume**.
　　　　　O (be)C　　　　S　V　C

當受詞（O）的「my cat」與補語（C）的「Ume」以 be 動詞連接時，就會形成第二句型「S＋V＋C」的關係。「我將我的貓取名為 Ume」與「我的貓是 Ume」，這兩個句子在意思上是相連的。

例句 ② 也能說明相同的意思。

I want to make **my wife happy**. → **My wife will be happy**.
　　　　　　　　O　(be)C　　　　S　　V　　C

這個句子是「我想讓我太太幸福」，所以使用未來時態「will be」是合適的。同樣地，「我太太將會幸福。」這個句子也是成立的。

雖然對初學者來說，第五句型較少出現在實際的英文會話中，也屬於比較特殊的句型。不過，為了避免突然出現而讓人感到困惑，還是要將這個句型記在腦中。

使用「a / an」的情形只有兩種！

s v 「a / an」是從近代英文時期才開始出現

接下來，要說明「**冠詞**」。冠詞指的是加在名詞前的 a、an、the。

> This is **a** pen.（這是一枝筆。）
> I eat **an** apple.（我每天早上吃一顆蘋果。）
> **The** light is on.（那盞燈是亮著的。）

其實冠詞中被稱為「**不定冠詞**」的「a / an」，從古英文到近代英文時期幾乎都沒有使用。這是因為在英文的源頭拉丁語、日耳曼語及印度語系的語言中，並沒有「名詞加 a / an」的習慣。「a / an」開始出現在英文中是在十八世紀前後。

s v 「a / an」的使用方式

a / an 代表「一個」的意思。不過由於容易產生誤會，因此要特別留意。使用原則是「a＋可數名詞單數」，例如「a pen（一枝筆）」。當可數名詞為一個時，要在名詞前加上 a / an。

相反的，若不是可數名詞則不能加上 a / an。舉例來說，像「water（水）」這樣的液體屬於不可數名詞，因此

沒有「a water」的講法。

第1章
英文的基本結構

第2章
時態

第3章
衍生動詞的文法

第4章
從組合中誕生的文法

第5章
英文容易混淆的文法

此外在世界上僅有一個的東西也無法用數字計算，所以不能用 a / an。例如：「Mt. Fuji（富士山）」在世界上只有一座，因此不能加上 a / an。

除了富士山之外，世界上只有一個人的「人物」或「足球」等運動名稱，由於不會有數個相同的事物，因此也不能加上 a / an。

---

s v 「a / an」的隱藏細微差異 ①「眾多當中的一個」

但是若被「一個」的概念框住，在使用 a / an 時，就會產生與母語者不同的微妙語意差異。

這是因為母語者在聽到 a / an 時，會聯想到「一個」之外的隱藏含意。a / an 帶有「（在這個世界中，眾多當中的）一個 → 隨便哪一個都好！」的隱藏細微差異。

① 眾多當中的一個

I saw **a** cat.（我看到一隻貓。）

這個句子所指的意思是「並非特定的貓，而是世界上許多貓當中一隻不特定的貓」。像這樣表示不特定物品的情形還有很多。

Pleas pick **a** pen.（〔隨便一枝都好〕請拿一枝筆。）

這個情境的「a pen」，就如同筆筒中有好幾支筆，並「從中（隨便一支都可以）拿一支」的意思。

a / an 被稱作「不定冠詞」，就是因為 a / an 不特定指某物而得名的。

a / an 還有一個隱藏細微差異。

②（完整的）一個

I ate **an** apple.
（我吃了一顆蘋果。）

上述例句表達的並非是指「吃了一片蘋果」，而是「吃了整顆蘋果」的意思。

使用方法並不難，不過容易產生如下列句子般的誤會，因此還是要留意。

I ate **a** pork.（我吃了一頭豬。）

在中文表達中，就算只說「我吃了豬肉」，應該沒有人會認為是「吃了一頭豬」吧！

不過，a / an 中帶有「（完整的）一個」的隱藏細微差異，因此會變成截然不同的句子。

其他如牛肉（beef）、西瓜（watermelon）等，不會一次就吃完一整個的東西，應加上「a slice of ~（一片）」等單位，藉此傳達更正確的細微差異。

I ate **a slice of** pork.（我吃了一片豬肉。）

第1章
英文的基本結構

第2章
時態

第3章
衍生動詞的文法

第4章
從組合中誕生的文法

第5章
容易混淆的英文文法

圖 1-12 英文的量詞

量詞	翻譯	量詞	翻譯
a bag of ～	一袋	a glass of ～	一杯
a bottle of ～	一瓶	a head of ～	一顆
a bunch of ～	一束	a pair of ～	一雙
a bowl of ～	一碗	a piece of ～	一塊／從某物上切出的一部分
a cup of ～	一杯	a slice of ～	一片／～的切片
a couple of ～	一對	a scoop of ～	一勺
a can of ～	一罐	a spoonful of ～	一匙

想以英文說明數量的時候，可以使用以上講法。想表達「兩個」時，只要像是「two bottles of water（兩瓶水）」，將「a」改成數量，並將單位詞改成複數。

就像這樣，想表達明確數量的時候，經常會使用「a ～ of」的講法。

I want **a cup of** tea.（我想要一杯茶。）
I bought **a pair of** shoes.（我買了一雙鞋）

相反地，當想要特意表達「一頭」的細微差異時，使用 a pork 也能順暢地傳達。

I bought **a** pork.（我買了一整頭豬）
I eat **a** pork in **a** year.（我一年吃一頭豬。）

表示「一個完整事物」的 a / an，在配合一起使用的名詞時，還是需要再三確認是否符合使用情境。

圖 1-13 「a / an」的兩個隱藏差異

「a / an」的隱藏差異 ①「眾多當中的一個」

> 例 **I saw a cat.** 我看到一隻貓

> 例 **Please pick a pen.** （哪支都可以）請拿一支筆。

「a / an」的隱藏差異 ②「一個完整的事物」

> 例 **I ate an apple.** 我吃了一顆蘋果。

> 例 **I ate a pork.** 我吃了一頭豬。

s ○v 「a / an」的使用情境只有兩種！

在某些例外的情況下，當使用「這個人」來表達特定含意時，偶爾會在人物前使用 a / an。

A Mike came here.（這裡來了一個叫麥可的人。）

通常在人物前不會使用 a，但是在強調某個不太熟悉的人物時，有時也會使用 a 來突顯這一點。

一般來說，不定詞 a / an 的使用場合，需要記住它是用於可數名詞單數，並且表示 ①「這個世界裡，眾多事物中的一個」、② 表示「一個完整的事物」。

s ○v 使用「an」的場合

在「a / an」的使用上還有一個疑問，那就是「an 用在什麼時候？」我們最常聽到的說法就是「以母音開頭的單字，要使用 an」。

英文中代表母音的字母有「a、e、i、o、u」，不過，an 用在所有母音開頭的單字，這一點卻是錯誤的。

我們來看實際的例子。

第1章
英文的基本結構

第2章
時態

第3章
衍生動詞的文法

第4章
從組合中誕生的文法

第5章
容易混淆的英文文法

【 使用 an 的單字與容易混淆的單字 】

○ an apple [`æpl̩] 蘋果

○ an orange can [`ɔrɪndʒ] 橘色的罐子

× a ~~an~~ university [ˌjunə`vɚ·sətɪ] 大學

× a ~~an~~ unique idea [ju`nik aɪ`diə] 獨特的點子

× an ~~a~~ FBI officer [ˌɛf bi `aɪ `ɔfəsɚ] 聯邦調查局官員

首先，apple 和 orange can 使用 an 應該是沒有異議。

a 或 an 的使用會按照後面連接的單字來決定。orange can 這個詞組，若只有 can 則會寫成 a can，但由於 orange 在 can 的前面，所以要使用 an。

然而接下來就出現問題了，university 或 unique idea 等單字不能使用 an。這是因為 an 要用在「開頭以母音發音的單字」，才是正確的規則。

這個發展起源的一個說法認為，若是使用「a apple」，「a (ə)」的發音會與下一個單字的母音太過相似而重疊，並且因為發音拗口的緣故，而改成容易發音的「an apple」。

此外，例如 university 或 unique idea 等開頭的發音為子音的單字，則不需要使用 an，直接使用 a 才是正確答案。

其他特殊例子例如：FBI officer（聯邦調查局官員）。因為「F (ɛf)」是以 [ɛ] 開頭，因此要使用 an。

若只是單純地認為「an 是用在開頭字母為母音的單字」，上述例子便會成為出錯的種子，因此要特別留意。

「the」的翻譯不是只有「那個」!

ｓ ｐｖ 「the」的使用方式

講完 a / an 不定冠詞之後,接下來我們會針對被稱為定冠詞的 the 進行說明。

在學校的課程中,應該有不少人學到「the = 那個～」。不過如果全部都以「那個」來翻譯,就會產生許多令母語者感到奇怪的用法。為什麼會產生那樣的誤解呢?<u>這是因為 the 也有「那個～」之外的隱藏細微差異。</u>

ｓ ｐｖ 「the」的使用方式 ①「那個～」

the 的常見用途如下:

① 那個～(大家知道的事物)

Do you know the ruins in Egypt?
(你知道在埃及的那個遺跡嗎?)

若被這麼問到,大部分的人應該能立刻反應「指的應該是金字塔吧」。提到埃及的「尼羅河」也是相同的情形。就算只說「尼羅」,大部分的人還是能聯想到「尼羅河」,因此尼羅河一般寫成「the Nile」。

即使不是像尼羅河那樣廣為人知的河流,只要是該地區的人們所使用的河流,在該地區中也能使用 the。

第1章
英文的基本結構

第2章
時態

第3章
衍生詞的文法

第4章
從組合中誕生的文法

第5章
容易混淆的英文文法

不過如果向這個地區之外的人說話時也使用 the，有可能會造成混亂。

換句話說，the 的使用方式有部分可以按照說話者和聽話者的主觀來決定。**當說話者與聽話者雙方都知道某個事物時，就可以使用「the」來指這個事物。**

到這邊，應該有人會對於「the 跟 that 的差異在哪裡？」抱持疑問吧！

that 也是用來表示「那個」的意思，如果單獨當作主詞出現，會被稱為指示代名詞。如果是用在 that book 的情形，則會稱為指示形容詞。從「指示」這個單字便可以知道，**「用手指著表示」的就是** that。

That is my favorite cup.（那個是我最喜歡的杯子。）
Can you pass me **that** book?（可以請你幫我拿**那本**書嗎？）

就如上述例句，that 大多用在用手指指著某物給對方看的情形。另一方面，the 並非使用在用手指指著某物並表示的情形，而是在雙方都已知的前提下當作知識使用。

Is **the** story true?
（〔前面提到相關話題〕那些故事是真的嗎？）

這個句子是以說話的對象了解「the story」的內容為前提。若不在這前提下，突然提到「the story」，對方可能會很驚訝地問「什麼故事？」。因此在使用 the 時，要注意是否有「共同理解」的前提。

「the」的使用方式 ②「理所當然的事物」

接下來也能用「共同理解」來說明，the 會用於能讓聽者馬上理解的情境。

②「理所當然的事物」

Open the door.（開門。）

當眼前有扇門並說了這句話，應該不會有人認為是叫你打開自己家的大門吧！此外，也不需要特別用手指著門，任誰都能馬上理解對方希望打開眼前的門。而 ② 的使用方式，基本上可以說是 ① 的延伸用法。

除了上述兩者，也有表示「家族的 the（～一家）」的用法，例如「the Simpsons（辛普森一家）」等。

s ɔv 「the」的發音規則

關於 the 的使用方式，還必須了解 the 的「發音變化」請看以下的圖表。

圖 1-14 the 的發音方式有兩種

[ði] 放在開頭是以母音發音的單字前面的情形

the **apple**　　　那顆蘋果
the **orange can**　那個橘色的罐頭
the **FBI officer**　那個聯邦調查局官員

[ðə] 放在開頭是以子音發音的單字前面的情形

the **university**　　那所大學
the **unique idea**　那個獨特的點子

第1章
英文的基本結構

第2章
時態

第3章
衍生動詞的文法

第4章
從組合中誕生的文法

第5章
容易混淆的英文文法

the 的使用規則類似於 a 和 an 的使用區分，因此這樣應該會很容易理解。

如果放在開頭以母音發音的單字前，發音為 [ði]，放在開頭以子音發音的單字前，則為 [ðə]。

此外，用於開頭以母音發音的字母縮寫，例如「FBI officer（聯邦調查局官員）」等單字時，也要特別留意。

這種情形就跟 a / an 相同，因為是以母音開頭，因此發音為 [ði]。

s p v ｢the」的例外用法

作為發音的例外，即使是一般發音為 [ðə] 的情形，若想特別強調 ①「那個（雙方所知道的事物）」的隱藏細微差異，就可以特意發音成 [ði]。

Didn't you go to **the** Tokyo Tower?
（你沒去那個東京鐵塔嗎？）

「Tokyo Tower（東京鐵塔）」只有一個，基本上不需要加 the。

但是當人們想要表達「這麼有名的地方，你沒去嗎！？」包含這樣驚訝的語氣時，也有故意無視規則講成「the Tokyo Tower [ði `tokɪo `taʊɚ]」的情形。

雖然 the 有許多例外的用法，但在日常會話中只要掌握 ①「那個（雙方所知道的事物）」和 ②「理所當然的事物」這兩點，基本上就沒有問題。

需要介系詞的情形
與不需要的情形

Ｓ Ｏ Ｖ 介系詞是什麼？

　　說到介系詞，應該就會聯想到 in, on, with, for 等。日常會話中經常使用的介系詞，大約有 10～12 個左右。

　　將使用情境擴大到日常會話以外的場合，如新聞、書籍等，則大約會用到約 78 個介系詞。若再加上已經很少使用的介系詞，則大約有 129 個。現代英語的世界中，依然存在著各種不同的介系詞。「什麼！？一百個介系詞，根本就背不起來！」也許有些人會這麼覺得，不過不用擔心，大家根本不用背那麼多。只要掌握日常生活範圍內會使用的基本介系詞就足夠了。

Ｓ Ｏ Ｖ 介系詞是「放在名詞前面的詞彙」

　　介系詞又稱為前置詞，就如同這個名稱，指的是「放在前面的詞彙」，不過這樣解釋似乎稍嫌不足。介系詞是放在什麼詞彙前面呢？答案就是「名詞」。換句話說，介系詞真正的定義應該為「放在名詞前面的詞彙」。此外實際在句子中，會以「介系詞＋名詞」的型態使用。

Ｓ Ｏ Ｖ 介系詞用於「受詞」

　　使用介系詞時，需要注意是用於與人物有關的情形。

第1章
英文的基本結構

第2章
時態

第3章
衍生的動詞文法

第4章
從組合中誕生的文法

第5章
容易混淆的英文文法

如下面的圖表所示，當在人物單字前加上介系詞，例如 with me（和我）、for him（為了他）時，人物會變化成「受格」。為什麼放在介系詞後面的單字會變成受格呢？

在第三句型中，有一個句子是「I meet her.（我遇到她。）」。這時的 her 是 meet（遇見）這個動詞的受詞，因此 her 當作受格而變化。

說到使用介系詞的句型，在前面的章節也出現過第四句型對調受詞的句型。

I bought **her** a ring.（我買了戒指給她。）
→ I bought a ring **for her**.（我買了戒指給她。）

一般在對調第四句型的受詞時，會在間接受詞 her 的前面加上介系詞。

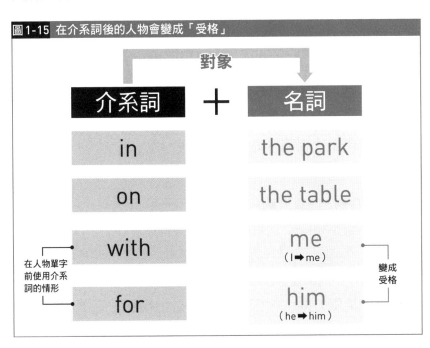

圖1-15 在介系詞後的人物會變成「受格」

until (till) 與 by 的使用區分

關於 in 或 on 等介系詞，不需要太過緊張。

不過這當中，也有許多意思相近並且不易區分的介系詞。例如 until (till) 和 by，這兩者不論哪個都帶有「到～為止」的意思，因此容易產生混淆。

然而，母語者究竟是如何區分這兩者呢？簡單來說，就是透過容易被翻譯省略掉的隱藏細微差異來判斷。

嚴格來說，until (till) 是用於「直到～為止一直」，表示繼續的意思。另一方面，by 則是「到～為止之前」，表示期限的意思。

> I slept **until (till)** afternoon.（我一路睡到下午。）
> I usually leave home **by** 7 a.m.（我一般會在七點前離開家。）

「to」與「toward」的使用區分

下一個令人困擾的是 to 及 toward，兩者都是「朝向～」的意思。to 帶有「以～為目的地」的隱藏細微差異，toward 則代表「朝著～方向」的意思。

> I go **to** Tokyo.（我去東京。）
> I go **toward** Tokyo.（我正前往東京方向。）

例句中的 to 是以「東京為目的地」，toward 則是曖昧的描述「某個方向」，因此也可能是指橫濱、千葉或埼玉等地方。

第1章
英文的基本結構

第2章
時態

第3章
衍生文法的動詞

第4章
從組合中誕生的文法

第5章
英文容易混淆的文法

s ⊃v 「below」與「under」的使用區分

日常生活經常出現的 below 與 under，也都是「在～之下」的意思，因此同樣是一組較難區分的介系詞。below 有「在某個平面下」婉轉表達位置的細微差異，相對的，under 則更具限定性，表示「在～正下方」的意思。

There is a cat **below** the table.
There is a cat **under** the table.

這兩個句子都是指「貓在桌子下」，但是 below the table 表達的位置較模糊，貓有可能是在「桌腳旁邊」等。然而，under the table 則傳達爬進桌子下方的細微差異。

s ⊃v 「between~」與「among~」的使用區分

between 與 among（在～之間）的不同，在學校的考題也經常出現。關於兩者的使用方式，between 表示「（兩個物體）之間」，among 則用在「（三個以上的物體）之間」。只要不是兩個，不論是三個還是一百個，都要使用 among。

This is the secret **between** you **and** me.
（這是我與你之間的祕密。）
This is the secret **among** my classmates.
（這是我們同學間的祕密。）

乍看之下，都是「在～之間」的意思，因此要特別留意當中的隱藏細微差異，不然會容易出錯。

在「介系詞的隱藏細微差異」中，有一個需要留意的單字，就是在會話中經常出現的 from。

提到 from，一般學到的是「從～開始」的意思。雖然這個意思基本上是通順的，但僅僅理解為「從～開始」，可能無法應對某些情形。事實上，from 還有以下讓人無法瞬間聯想到的隱藏細微差異。

from 的隱藏細微差異：從～（離開）

在大學入學考試等經常會出現稱為「prevent from 句型」的問題，以下是其中一種表達方式。

Your opinion **is different from** mine.

be different from「與～不同」是在國中時學到的片語。不過若直譯成「from：從～開始」，這個句子則會變為「你的意見，**從我開始**不同」。雖然可以理解意思，但整體上卻怪怪的。

為什麼 different 會搭配 from 呢？這是因為 from 帶有「從～離開」的隱藏細微差異。也就是說，句子原本的涵義是「你與我的意見不同並相差甚遠」。

from 的隱藏細微差異是中文沒有的概念，因此單純地直譯就會出現問題也不通順。因此，一般都意譯為「你的意見與我不同」。此外，像 different 一樣是在國中學習的片語，還有以下的例子。

第1章
英文的基本結構

第2章
時態

第3章
衍生動詞的文法

第4章
從組合中誕生的文法

第5章
容易混淆的英文文法

He is **absent from** school.

be absent from 代表「～缺席」的意思，也是經常出現的片語。若將當中的 from 翻譯成「從學校開始缺席」，整個意思就會怪怪的。

不過若按照隱藏細微差異的翻譯，就會變為「他沒來學校，並遠離學校。（＝沒來學校，在別的地方。）」的意思。以此為基礎意譯後，就變成「他沒來學校」。

s v 「about」的隱藏細微差異

關於經常使用的介系詞隱藏語感，還有一個要知道的就是「about」（關於／大約）。

① Let's talk **about** this book. （讓我們來談**關於**這本書。）
② There are **about** 20 people. （**大約**有二十人。）
③ walk **about** ~ （踱步）
④ come **about** ~ （改變方向）

為什麼「關於」和「大約」都是用 about 呢？這是因為 about 的隱藏細微差異中，帶有「～周圍」的意思。

例句 ① 是從「談論圍繞這本書的內容」，轉變為「關於～」的意思。同樣的，例句 ② 則是從「二十人左右」到「大約」的意思。例句 ③ 則是「在～周圍走來走去」，因此為「踱步」的意思。

例句 ④ come about 的「轉向」，則帶有船隻等「朝著～周圍接近」的細微差異。

連接詞後面不加逗號

s v 連接詞是什麼樣的詞彙？

連接詞再次定義就是「**連接句子與句子的詞彙**」。這邊的「句子」指的是「主詞與述詞的組合」。

「主詞與述詞的組合」稱作**子句**，使用方法如下：

> **〈原則〉連接詞＋主詞＋述詞＋**α
>
> I didn't know **that he went out**.
>   └──── that 子句
>
> （我不知道**他外出了**。）

上述的例子中，由 that 連結「I didn't know（我不知道）」與「he went（他走了）」

這兩個主詞與述詞的組合，即 that 以下的主述組合，就是考試中經常聽到的「that 子句」。

s v 用於句首的連接詞，加上逗號是大 NG

使用連接詞經常會犯的錯誤，就是在連接詞後面直接加上逗號，請看例句。

並且她離開了這裡。
× **And,** she left here.
○ And she left here.

但是我去看了他。
× **But,** I went to see him.
○ But I went to see him.

　　中文有時習慣在「並且」或「但是」後面加上逗號，因此在上面的例句，也不小心在句首的連接詞後面加上了「，（逗號）」。

　　然而在英文中，若在連接詞後打上逗號，句子的意思便會中斷，因此連接詞後面不使用逗號才是正確的。

　　連接詞的正確用法如上述的例子，不打逗號並接著寫子句。不過也有例外，像是 however（然而）和 therefore（所以）。

However, this will not be right.
（然而這並不正確。）

Therefore, this is right.
（所以這是正確的。）

　　為什麼這兩個單字會使用逗號呢？這個原因是 however 和 therefore 是由副詞演變而來的單字。意義上雖然與連接詞相近，但請當作例外。

第1章
英文的基本結構

第2章
時態

第3章
衍生動詞的文法

第4章
從組合中誕生的文法

第5章
容易混淆的英文文法

連接詞的用法中，容易讓人感到疑惑的問題，就是「連接詞到底要放在句首還是句中？」下面的例句哪個正確？

> 如果你想要的話，我可以給你這本書。
> ① If **you want**, I will give you this book.
> ② I will give you this book(,) if **you want**.

從結論來說，放在句首或是句中都可以。該如何決定並使用呢？答案就是用英文的隱藏細微差異來決定。換句話說，就是「想強調的事物放前面」。

例句 ① 中的「你想要的話」，這句話強烈表達出想知道對方的想法。另一方面，例句 ② 中的「我可以給你這本書」，強調了自己「想給」的意志。

還有個關於使用的疑問，那就是「,（逗號）的位置」。

> 我回到家時，媽媽已經睡了。
> ① When I came home, my mother was sleeping.
> ② My mother was sleeping (,) when I came home.

例句 ② 的情形，「加不加逗號」都是對的。例句 ① 則透過逗號的使用，使得句子變得清晰簡單，因此一般都會使用逗號。

例句 ② 透過 when 清楚地切割句子，雖然很多人會使用逗號，不過省略的人也不少。

s＋v 易混淆的連接詞：「在～期間」的使用方式

在連接詞的相關問題中，經常出現的就是具有相同意思「在～期間」的 while 和 during。

當我在東京時，我去了東京晴空塔。
I went to TOKYO SKYTREE while　I　stayed in Tokyo.
　　　　　　　　　　　　　〈連〉〈主〉〈述〉

I went to TOKYO SKYTREE during my stay in Tokyo.
　　　　　　　　　　　　　〈介〉 〈名〉

這裡容易混淆的是，during 是介系詞，而 while 是連接詞。如先前提到的基本原則，連接詞的後面必為子句（主詞＋述詞的組合）。因此 while 之後連接 I stayed in Tokyo.。

然而要注意 during 並非連接詞而是介系詞。而介系詞是「放在名詞前面的詞彙」，所以連接名詞 my stay（我的停留）才是正確的。

有不少的非英文母語者會誤用成「while my stay」。我個人在進行口譯工作時，也遇到了好幾次。雖然說成 while my stay 意思也能通，但對於母語者而言，這不是自然的表達，因此要特別留意。

形容詞是用來說明「名詞」的詞彙

s ɔv 很有人知道的「形容」的定義

　　形容詞也是中文常見的文法用語，不過當問到「形容」究竟指的是什麼，意外地很少人能明確回答。因此，這一章會先說明「形容」究竟是什麼。

　　首先，以「花」這個單字為例。如果只說「花」這個單字，聽者無從知道「究竟是什麼花」，因此加上形容詞「美麗的」來表達「美麗的花」。

　　如此一來，就能向聽者傳達更詳細的資訊：「不是醜的，是美麗的花！」。

　　美麗的 → 花

簡單來說，「詳細的說明」就是「形容詞」的定義。因此也可以改成「形容 → 說明」。

s ɔv 「形容詞」用來說明名詞

　　形容詞是說明什麼的詞彙？試著以下頁的例子思考。

a cute and lovely cat（一隻可愛又迷人的貓）

cute 和 lovely 是在說明 cat（貓）的模樣，因此可以說形容詞是說明「名詞」的詞彙。

---

s bv 「形容詞」為什麼會和 be 動詞一起使用？

接下來，讓我們更進一步地思考以下問題。「**為什麼形容詞會和 be 動詞一起使用呢？**」

關於這一點並沒有決定性的學說，但我個人認為「**為了補充時態**」這個說法比較有說服力。

來思考看看拿掉 be 動詞的情形，例如「He a brave man（他、勇敢的人）」。

的確，這樣還是可以知道這句話想表達的意思，不過因為拿掉了決定性的「時態」概念，因此會造成聽者的判斷困難，例如：

be 動詞
(will be)　　　　　　他將會成為一個勇敢的人。
He (is) a brave man. 他是個勇敢的人。
(was)　　　　　　　他過去曾是個勇敢的人。

從上述的例句可以看出，透過使用表示靜態動作的 be 動詞，並不改變「他＝勇敢」的意思，同時也可以決定句子的時態。

83

副詞是用來說明「動詞」的詞彙

s v 「副詞」究竟是什麼？

在說明形容詞之後，接下來要介紹副詞。

形容詞與副詞雖然兩者截然不同，但由於使用方式相近，因此對比兩者來學習會更加淺顯易懂。首先，我們會針對「副詞究竟是什麼？」做說明，請看以下的例子。

He plays the guitar **well**.（他吉他彈得很好。）

well（很好地）是副詞，用來說明「plays the guitar（彈吉他）」。也就是說，**副詞是用來修飾動詞的詞彙**。雖然容易與形容詞混淆，但是這兩者是有區別的：「**形容詞用來說明名詞，副詞則用來說明動詞**」。

s v 「副詞」的由來

形容詞的意思是「形容（說明）詞語」，這個解釋在某種程度上相當合理。然而副詞為什麼要叫這個名字，似乎有點令人費解。「副詞」的英文叫做「adverb」，分解開來會得到 ad 與 verb（動詞）。ad 一詞源自於 add（加入），因此直譯「adverb」就變成「**加在動詞上的詞彙**」，而「**副詞**」這個名稱，就如同字面上的意思。

SＶ「副詞」與「形容詞」的區分方式

在先前的例句中出現了「plays well（彈得很好）」。然而關於 well 和 good，經常會聽到「不清楚兩者的差別」的聲音。

兩者的差異如以下的例句，well 是副詞並用來說明動詞，good 則是形容詞並用來說明名詞。

【副】He **plays** the guitar **well**.（他吉他**彈得很好**。）

【形】He is a **good guitarist**.（他是個**好的吉他手**。）

特別難區分的單字，例如「fast（快速）」，其實既是形容詞，也是副詞。

【副】He **runs fast**.（他**跑得很快**。）

【形】He is a **fast runner**.（他是個**很快的跑者**。）

由於單字的外形沒有變化，因此區分起來有點難度，但關鍵還是「它在說明什麼？」

形容詞說明名詞，副詞則是與動詞有關，只要注意這一點便能輕鬆區分。

像 well、fast 這樣的例子有很多，也有其他型態，例如「形容詞＋ly」變為副詞的類型。

【形】This light is **bright**.（這盞燈很亮。）

【副】This light shines **brightly**.（這盞燈**明亮地**閃爍。）

　　關於副詞還有一個疑問，那就是「為什麼 here, there, home, abroad 不加介系詞呢？」

　　這究竟是怎麼回事呢？讓我們一起來看這些例句。

① Come [to] here at once.（馬上來這裡。）
　　　　到～

② I hid myself [in] there.（我躲在那裡。）
　　　　　　　在

③ Do you go [to] home after this?（這之後你要回家嗎？）
　　　　　　　到～

④ He wants to study [in] abroad.（他想要出國讀書。）
　　　　　　　　　　在

　　例句 ①～④ 經常作為「不使用介系詞的例子」出現在考試上（特殊使用方式除外）。而在學校大多都會說明「它就長這樣」，並不太會接觸到理由。

　　然而為什麼不需要介系詞，這是因為 here、there、home、abroad 是副詞的關係。特別是 here, there, home 等因為是很生活化單字，一般很少有人會去查字典確認。不過在字典中，確實地記載著副詞的詞性。

　　我們來重新整理這四個單字。

第1章
英文的基本結構

第2章
時態

第3章
衍生文法的動詞

第4章
從組合中誕生的文法

第5章
英文文法的容易混淆的

① **come** here（馬上來這裡。）
② **hid** there（我躲在那裡。）
③ **go** home（這之後你回家嗎？）
④ **study** abroad（他想要出國讀書。）

就像這樣 here、there、home、abroad 都是**說明動詞的詞彙（→副詞）**，因此不需要加上表示「到～」和「在～」意思的介系詞 to 和 in。

here、there、home、abroad 等單字很容易被當成「表示地點的名詞」，因此才會出現「為什麼不加介系詞」的疑問。不過這些單字都是副詞，**因此沒有介系詞才是理所當然的**。

S⊃V 「介系詞」是將名詞副詞化的詞語！

若以相反的角度來看，對於介系詞的看法也會跟著改變，請看下列例句。

I **went to Tokyo**.（我去了東京。）
　　　　到～

與 here（這裡）、there（那裡）等副詞不同，Tokyo（東京）是名詞，如果不加 to 就無法和動詞好好連接。

因此加上 to 形成「to Tokyo」就變成了「說明動詞的詞彙（朝向東京 → 去了）。也就是說，名詞加上介系詞也可以說是**名詞副詞化**。

第2章

時態

以三個區塊來理解時態

第二章將針對時間的感覺—「時態」進行說明。「時態」中最重要就是，分開**「時間點制」**與**「線型時間制」**來理解。

覺得時態棘手的人，大多是將「時間點制時態」和「線型時間制時態」混在一起記住，因而感到混亂。

其實時態的「理解順序」非常重要，若順序錯了便會前功盡棄。因此關於「時間點制時態」，應按照**「現在式」→「進行式」→「過去式」→「未來式」**，以日常生活中使用頻率最高的文法開始按照順序來理解。

接下來，是關於「線型時間制時態」的說明。在學校一般都是叫學生直接「背公式」，並且經常漏掉理解母語者的**時間感**過程。在學習「線型時間制」的文法時，首先最重要的就是充分理解母語者對「時間的感覺」。

為了理解「時間感」，應按照**「現在完成式」→「過去完成式」→「未來完成式」→「完成進行式」**，從日常使用順序高到低來學習，這樣會更容易與生活連結並理解。

最後，則是要來學習「神的時間」。英文中有一個特別的時間區間，那就是「神的時間」。關於這個時間區間，需要以歷史及宗教觀為基礎來解釋。若能融會貫通，對於高中時期的**困難題型**，例如：**「假設語氣」**和**「敬語」**、**「條件副詞子句」**等，都能在短時間內吸收。

圖 2-1 第二章【時態】的概要圖

第1章
英文的
基本結構

第2章
時態

第3章
衍生動詞的文法

第4章
從組合中誕生的文法

第5章
容易混淆的英文文法

與中文共通的時態文法（時間點制）

12 現在式

13 進行式

14 過去式

15 未來式

中文中不存在的時態文法（線型時間制）

16 現在完成式

17 過去完成式

18 未來完成式

19 完成進行式

從宗教價值觀中誕生的時態文法（神的時間）

20 假設語氣

和「假設語氣」在相同觀點下誕生的文法

21 敬語

被視為「假設語氣的一種」

22 條件副詞子句

對英文「時態」感到棘手是理所當然的！

 英文的「時態很多」所以很困難

時態是用來表示「這是什麼時候的事」的時間點。如右圖所示，英文的時態共有十五種。也就是說，**英文中要注意這十五種時間，會話才會成立**。

相反的，中文並沒有明確區分時態，**因此在講英文句子時，就必須意識這個語言比母語還有更多的時態變化**。

在考試時經常有人會說「我不擅長時態的題目」，這些都是情有可原的。

「時間點制」與「線型時間制」

英文的時態可以分為「如果～就」敘述假設事物的「**假設語氣（神的時間）**」，以及一般句子的「**陳述語氣（人類的時間）**」。陳述語氣指的是假設語氣以外一般句子所使用的時態文法，並分為以一個時間點為起點的**時間點制**，以及以一段期間為起點的**線型時間制**。時間點制與線型時間制的最大差別就在於，**使用在國中學到的「完成式」就是線型時間制，不使用「完成式」則是時間點制**。

此外，時間點制與線型時間制又個別分為使用進行式，以及不使用進行式兩種類型。

圖2-2 英文時態地圖

時態

〈人類的世界〉

陳述語氣

（現實）

時間點制

單純時態	進行式
❶ 過去式	❹ 過去進行式
❷ 現在式	❺ 現在進行式
❸ 未來式	❻ 未來進行式

線型時間制

完成式	完成進行式
❼ 過去完成式	❿ 過去完成進行式
❽ 現在完成式	⓫ 現在完成進行式
❾ 未來完成式	⓬ 未來完成進行式

〈神的世界〉

假設語氣

（非現實、願望、謙讓）

假設語氣

⓭ 假設語氣現在

⓮ 假設語氣過去

⓯ 假設語氣過去完成

英文中有許多
中文沒有的時態

 中文沒有明顯區別「線型時間制」

　　前面提到，相較於有十五種時態的英文，中文並沒有明確區分時態，只有在句中加上時間副詞或是在動詞後面加上「了」以及「過」來表示動作已經完成的動作。

　　如同前面所說的一樣，中文沒有專屬於時態變化的文法、一個都沒有，換句話說，中文使用者在說英文時，**因為必須使用許多中文所沒有的時態，所以才會覺得英文很難。**

 憑感覺來掌握「時態」

　　覺得英文時態很難的另一個理由，就是**時態是憑感覺去掌握的。**

　　在學校的英文課程中，現在式被視為理所當然，而過去式、未來式以及接下來的各種進行式等時態，通常會出現在相對早期的階段。

　　會這麼安排的原因，是因為中文的概念中可以輕鬆理解這些時態，因此在學習時可以感覺一致。

　　我們的腦海中都有一個「現在指的是這個範圍的時間」的感測器。而時態這個概念比起邏輯，因為需要透過腦中的感測器感受並使用，因此被歸類在**「感覺文法」**（參考 p.138）。

換句話說，像完成式等中文沒有的時態，對於中文使用者來說，是「在感覺上無法理解的時態」，因此要熟練地使用是有難度的。

雖然很多人記住了完成式和未來式等文法規則，但還是難以正確運用，這是因為中文和英文中存在著「時態感覺差異」的陷阱。

為了獲得「時態的感覺」

那麼，應該怎麼做才能得到「英文母語者的時態感覺」呢？

例如完成式一般是國中三年級學習的文法，但是若只是記住公式及翻譯「have＋過去分詞＝完成式（完成某件事）」，是無法掌握時態感覺的。

想要理解完成式的時態概念，就要掌握「各個時態究竟指的是什麼樣的時間感覺」。

為了要了解「時態的感覺」，重要的是我們首先要一個個去確認文法。

第1章
英文的基本結構

第2章
時態

第3章
動詞的衍生文法

第4章
從組合中誕生的文法

第5章
容易混淆的英文文法

「現在式」也可以用在「現在」這個時間點以外的情形

 表示「確定的未來」的現在式

接下來，我們來看時態的基本現在式。

現在式這個名稱很容易就讓人以為只能用在「現在的時間」，不過其實現在式也可以用在「現在以外」的時間。

現在式的表達方式全部有四種，我們將依序介紹。

(i) 確定的未來

① She **comes** here!（她〔一定〕會來！）

② I **pass** the exam!（我〔絕對〕會及格！）

首先，現在式最常用來表達「確定的未來」。通常會使用未來式的 will 或 be going to～，不過當你相信「（至少自己相信）這件事一定會發生」時，就能使用現在式。

正如在命令句的章節中提到的，最初人類只使用現在式，例如：「因為肚子餓了，所以去打獵」或「困了就躺下休息」等，人們以當前的想法作為進一步行動的動力。因此現在式自古以來，就帶有連接行動的強烈感覺。

從這種強烈感覺演變而來的表達，就是「她一定會來」、「我絕對會合格」中的強烈語氣。這種表達蘊含著「所以請相信這一點」、「所以要努力念書」的意思等，旨在促使聽者或自己採取下一步行動。

例句 ② 的「I pass the exam!」比起使用表示意志 will 的「I will pass the exam.（我會通過考試）」，更能讓人感受到強烈的意志。

 「包含當下行為」的現在式

(ii) 現在的狀態（→ 包含當下的行為）
③ He **lives** in New York.（他住在紐約。）
④ I **play** the guitar.（我彈吉他。）

例句 ③ 表達出「從過去到現在都住在紐約，未來也會如此」的意思。當三個時態同時成立時，就會使用現在式來表達。

例句 ④ 中也包含了三個時態，表達出幾年前學習了吉他，現在依然在彈吉他，未來也不會改變。

這樣的使用方式在文法用語中稱作「現在的狀態」，但從細微差異來看，將它視為「包含當下的行為」似乎會更加合適。

 表示「經常發生」的現在式

(iii) 反覆的動作（經常發生）
⑤ I **get up** at 7 every morning.（我每天早上七點起床。）
⑥ The train **arrives** at the station at 9:30.
（那班火車在九點半抵達車站。）

接下來的用法稱為「反覆動作」。使用現在式來表達

「從過去到現在不斷重複相同的動作，未來也將會持續」的語氣。

例句 ⑤ 表達的情境，是「我」從以前到現在一直都是早上七點起床，以後也將會如此。

例句 ⑥ 也是一樣的，火車基本上都是在同一時刻抵達車站。

反覆動作的用法與「現在的狀態」相同，會同時表達出過去、現在、未來三種時態。因此，以這三個時態中間的現在式當作代表來使用。

 ## 表示「不變的真理」的現在式

(iv) 不變的真理

⑦ The earth **goes** around the sun.（地球繞著太陽轉。）
⑧ Water **boils** at 100℃.（水在 100℃ 時沸騰。）

最後是關於「不變的真理」，這個用法是用來說明與人類意志無關的自然界法則。

例句 ⑦「地球繞著太陽轉」及例句 ⑧「水在 100℃時沸騰」等，都是亙古不變且會永遠持續的事實。因為是貫穿過去、現在、未來的現象，因此使用中間時態現在式表達。

現在式的使用方式，就是以上這四種方式。不要因為「現在」就粗略地覺得是「現在的事情」，應該根據原因進行分類和理解，如此才能掌握母語者的感覺。

圖2-3 「現在式」的四個時間軸

（ⅰ）確定的未來

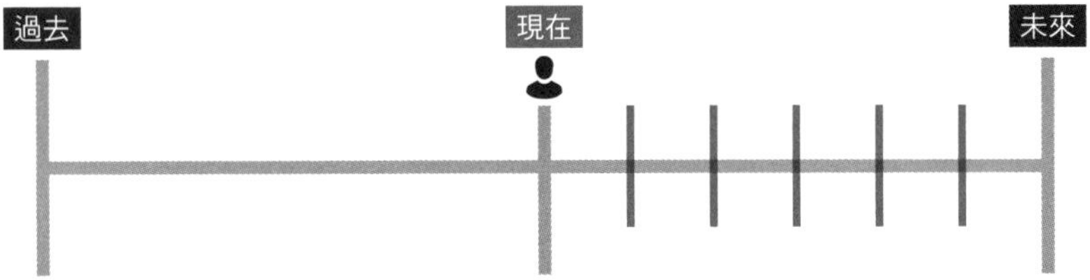

過去　　　　　　　　　　現在　　　　　　　　　　未來

相信「（至少自己相信）這件事一定會發生」的時候

（ⅱ）現在的狀態

過去　　　　　　　　　　現在　　　　　　　　　　未來

從過去持續到現在，未來也將持續相同的狀態

（ⅲ）反覆的動作

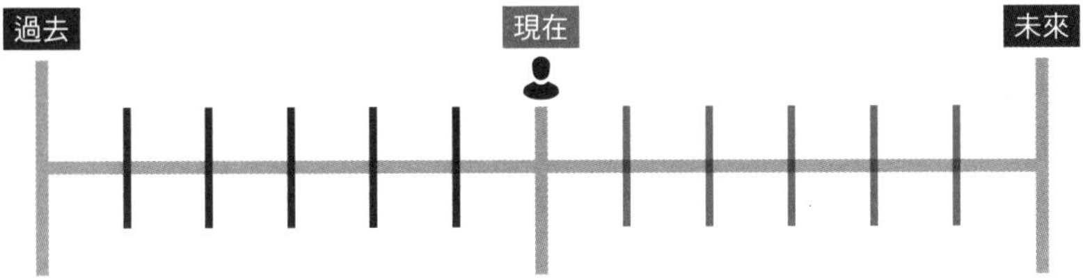

過去　　　　　　　　　　現在　　　　　　　　　　未來

從過去到現在不斷重複相同的動作，未來也將會持續

（ⅳ）不變的真理

過去　　　　　　　　　　現在　　　　　　　　　　未來

說明與人類意志無關的自然界法則

「進行式」其實是
「瞬間」的表達！

 基本型態是「be 動詞＋動詞 ing」

進行式「正在～」是在國中一年級出現的文法。

(i) 現在進行式「當下正在～」

She **is watching** TV now.（她正在看電視。）

(ii) 過去進行式「過去的某個時刻正在～」

He **was working** at that store.（他過去曾在那家店工作。）

(iii) 未來進行式「未來的某個時候將會～」

I **will be swimming** at this time tomorrow in Hawaii.
（我明天這個時候，將會在夏威夷游泳。）

在時態中，進行式的使用算是很好懂的時態。

在學生時期，大家都學過「be＋動詞 ing」這個公式吧！而過去進行式和未來進行式只是將 be 動詞改成過去式及未來式而已。進行式的句子組成本身並不難，不過「為什麼要使用 be 動詞，動詞要加 ing 呢？」這個問題始終存在。

「那個瞬間」在做什麼

要解開這個謎團，首先就必須複習「進行式的感覺」。再重述一遍，由於時態是必須以感覺來理解的概念，因此對於「進行式的感覺」，母語者與非母語者會存在著微妙差異。

不少人認為「進行式帶有『正在～』的意思，因此需要一定的時間長度」，不過母語者所使用的**進行式，其實是表達「那個瞬間在做什麼」，只取一個時間點的文法表達**。

（ⅰ）的「She is watching TV now.（她正在看電視。）」句子中，說話者敘述那個瞬間「她正在看電視」的事實。

同樣地，（ⅱ）「他過去曾在那家店工作」，這個句子表達的意思是指說話者在店裡見到他的那個瞬間「他正在工作」。

（ⅲ）則是取「明天的現在」這個瞬間，說明「將在夏威夷游泳」。就像這樣，進行式僅表達「那一瞬間的行動」，並不關注這個行為究竟進行了多久。

這就是進行式屬於「時點制」的原因。

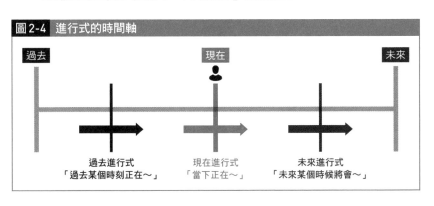

圖 2-4 進行式的時間軸

| 過去 | 現在 | 未來 |

過去進行式「過去某個時刻正在～」　現在進行式「當下正在～」　未來進行式「未來某個時候將會～」

整理了進行式的時態概念後，接下來會針對「為什麼要使用 be 動詞，而動詞要加 ing？」的疑問做說明。

這個疑問在學生時期中一直伴隨著我，然而解開這個謎團的關鍵，就是我在大學時學的西班牙文。

西班牙文是拉丁語的後裔，在中世紀影響中古英文十分深遠。而西班牙文也有進行式，型態如下：

西班牙文與英文的進行式比較

　　　　　　　　　「走」的原形「andar」
estar＋~ ando / iendo → Estoy andando. 我正在走。
(be)　　(~ing)　　　　 → I am walking.

在西班牙文中，estar 動詞就如同英文的 be 動詞，以「estar＋動詞 ando 形／iendo 形」來表示進行式。

也就是說，「進行式＝be＋動詞 ing」這種想法不只適用於英文，同時也是拉丁語系一般會使用的型態。

在過去的古英文中，已開始使用「be＋~ ende」或「be＋~ inde」來表達現在式。

當時也存在著「~ing」的型態，作為動名詞「做～事」的表達，與進行式分開來使用。

在古英文之後，歷經了漫長歲月，漸漸不再使用「~ende 形」，而是統一成「be＋~ inde」。

並隨著時代發展演進，「~ inde」與「~ ing」因為發音相似而再次進行統合，僅留下了「~ in」，例如「be

第1章
基本結構
英文的

第2章
時態

第3章
衍生的動詞文法

第4章
誕生的組合中文法

第5章
容易混淆的英文文法

walkin」。

但是後來由於「~ in」的發音較弱，因此「g」再次被加上。由於「~ ing」重新回歸，現在進行式也定型成「be＋動詞 ing」。到目前為止，這是「解釋 ①」。

 「be 動詞＋動詞 ing」的解釋 ②

從古英文演變至中古英文期間，進行式還有另外一種的表示方式，型態如下：

〈正在～〉 **be ＋ on ＋ ~ing**
　　　　　～的途中（做～事）

當時的「~ ing」最初是動名詞（做～事），可以與「on（～的途中）」結合，並形成「be on ~ing（做～事的途中）」的結構。

在這裡的 on，在現代英文中也依然有在使用，例如「on sale（打折中）」。

「be on ~ing」在使用的過程中逐漸省略 on，最終形成「be ~ing」，這就是解釋 ②。

由於「be on ~ing」這個表達方式確實出現在歷史中，因此解釋 ① 與解釋 ② 哪個才正確，至今並未統一。

也可能是這兩種想法相互影響，最終演變成了現今的型態也說不定。

「過去式」的兩種使用方式

 ## 表示「過去的某個時間點」

進行式之後，接下來我們要說明過去式。

過去式也有許多充滿謎團的規則，首先來確認「時態」的思考方式。許多人對於過去式的概念只是模糊地認為是「以前的事情」，但是被問到「是哪個過去的事情」，往往卻答不上來。英文的過去式，指的是以下兩者。

(i) 在過去的某個「時間點」發生的事

① He **bought** the car last week.

（他上週買了那輛車。）

② The big typhoon **hit** our town.

（巨大的颱風襲擊了我們的城鎮。）

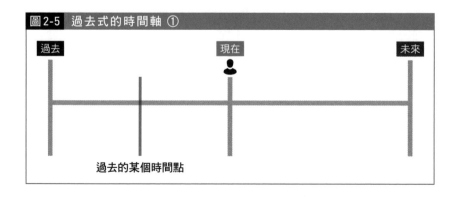

圖 2-5　過去式的時間軸 ①

例句 ① 說明在「上週」這個過去的一個點（某個時間點）「買了車」。

要注意在這裡所提到的「一個點」相較於進行式的「一瞬間」，指的是更廣泛的**過去的某個時間點**。

表示「過去模糊的一段時間」

過去式的另一個使用方法，是用來表示「過去模糊的一段時間」。

「一段時間？難道不是用線型時間制的完成式嗎？」也許有人有這樣的疑問。不過若是如同以下的例句**「開始」**與**「結束」**的表達不明確時，就要使用過去式。

(ii) 過去模糊的一段時間
① She lived in Spain.（她過去住在西班牙。）
② My son wanted the game.（我兒子曾想要那個遊戲。）

例句 ① 只是在敘述「她過去住在西班牙」的事實，但沒有詳細說明是「何時開始、何時結束的期間」。

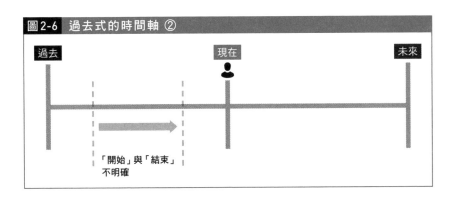

圖2-6　過去式的時間軸 ②

聽到例句 ① 時，聽者也許會反問「她住到什麼時候呢？」，而說話者可能會回答「我不知道」。

例句 ② 也相同，只有「以前兒子想要那個遊戲」的資訊，對於「現在是否還想要」則不清楚。在這種情形下，聽者也可能會問「現在還想要嗎？」。

例句 ① 與 ② 不論哪種情境，都帶有「在某個期間中，採取了某個行動」的意思。因此才會讓人覺得時間軸是線型而非一個點。

不過在英文中，若是「到什麼時候為止」的結束點不明確，就無法將其視為一段期間。**因為沒有「明確到什麼時候為止」的資訊，因此要使用時間點制過去式，而非線型時間制的完成式。**

現在式可以作為「歧義時態的中間時態」使用，過去式也可以使用相同思考方式。換言之，例句 ① 與 ②「**在時態不明確的情況下，由於最確定的起點是過去式」，因此使用過去式。**

無論是中文還是英文，關於時態在一定程度上，必須以直覺來掌握。對於想徹底掌握英文時態的人，十分推薦學習者在會話時，再次回想這一章的內容來確認「這是哪個時態？」。

分為「ed」與「不規則變化」兩種類型的解釋

作為過去式的總結，接下來會針對過去式動詞最大的謎團，「為什麼過去式分為 ed 與不規則變化兩種類型」進行解說。英文動詞可以分為在動詞字尾加上 ed 的「**規則動詞**」，如「wanted（want 的過去式）」，以及單字本身產生變化的「**不規則動詞**」，如「ate（eat 的過去式）」

第1章
英文的
基本
結構

第2章
時
態

第3章
衍生動詞
的文法

第4章
從組合中
誕生的
文法

第5章
英文文法的
容易混淆
的

規則動詞

want → want**ed**　like → lik**ed**　walk → walk**ed** 等

不規則動詞

eat → ate　break → broke　come → came 等

這些動詞都沒有特定的規律性，因此總是令英文學習者感到頭痛。

其實在古英文與中古英文時期，所有的單字都是「不規則變化」。換言之，當時的英文並不存在「～ ed」的型態，所有單字都像「eat → ate」一樣，擁有各自的過去式。

然而因為戰爭等使得移民增加，各個民族開始使用英文後，英文便開始朝向前面幾章提到的英文特有的「簡化」思維發展。

在過去的歷史中，單字的不規則變化就如同方言一般，各個地區都有自己獨特的變化。然而由於太過複雜，因此才將有數種不規則變化的單字全部統一成「～ ed」。

這種變化並非在特定的時間一起開始的，而是各個單字慢慢演變的。歷經漫長歲月，字尾加「～ ed」的單字才逐漸增加。

舉例來說，「learn（學習）」這個單字，在英式英文中現在仍使用「learnt」當作過去式的變化。然而以美式英文為主流的現在，則是幾乎看不到 learnt 這個用法。

就像這樣，朝向「～ ed」的變化，也可以算是現代英文中持續進行的「簡化」例子。

將「未來式」分為
五個部分來學習

 will 的意思不只是「未來」！

說明過去式之後，接下來要介紹未來式。雖然未來式在英文與中文中是共通概念，但其實兩者有很大的不同。

關於中文與英文未來式的差別，還需要從這兩個語言的背景來理解。

之前提到中文的時態是建立在句子中加上時間副詞，而中文的未來式是加上如「明天」、「之後」等時間副詞，以及加上「要」、「將會」等字來表達，說話者只能從上下文來判斷未來式，結構並沒有其他語言來的嚴謹。

另一方面，英文的歷史是受到戰爭影響而形成的，因此英文小說和言論的發展都更加關注在談論人們的未來。甚至在聖經等文獻中，也可以看到許多如「只要這樣做，將會得到幸福」等關注在未來的內容。

一般而言，以基督教為主要信仰的國家大多被認為擁有展望未來的文化特質。**在英文這種語言中，也有人認為能夠感受到這種思想**。並且從英文、中文的「未來時態差異」中，便可以一窺端倪。

中文的未來表達只有「將會」和「將要做」兩種，而**英文的未來式則可以分為五類**。本書將會一個一個介紹。

(i) will… 「未來意志」與「單純未來」

第1章
基本文的結構

第2章
時態

第3章
衍生動詞的文法

第4章
從組合中誕生的文法

第5章
容易混淆的英文文法

　　首先要介紹的是使用「will」助動詞的未來式。

　　will 源自日耳曼語。作為助動詞的使用方法將在後續說明，這個章節會以未來式的 will，究竟帶有哪種細微差異為中心來進行說明。

①〈未來意志〉…以「自己的意志」來決定未來

　A: How about going to see a movie?（去看電影怎麼樣？）
　B: OK. I **will** go with you.（好啊，我跟你去。）

　　will 在字典中是助動詞「將要」的意思，不過再仔細一看，會發現其實還有「表示意志」的解釋。

　　① 的用法是 will 本身的使用方式，帶有「以『自己的意志』來決定未來」的細微差異。

　　「要去看電影嗎？」在收到這樣的邀請後回答「好啊，我去。」，就是用於以自己的意志做決定的情形。

②〈單純的未來〉…純粹的未來

　He **will** come here.（他將會來這裡。）

　　② 的用法在表示「意志」的細微差異比 ① 更弱，用來表示「純粹的未來」，是一種相對較新的用法。

　　起初 will 的用法主要是表示「未來意志」，然而用於表示「純粹未來」的 will 在歷史上並不常用。

　　積極開始使用「純粹的未來」的用法可以追溯到十九世紀左右，因此可以說這是一種相對較新的使用方式。

關於未來式，相信大部分的人都是背「will 或 be going to」。這兩種都相當知名，但是詢問到「will 和 be going to 差別在哪裡？」的時候，大多數的人都會回答「是差不多的意思」。

雖然也有不少母語者也會回答「兩者差不多」，但就商務場合上口譯人員的立場來說，還是必須明確畫分這兩者的使用方式。

① 以前就決定好的未來

I **am going to** visit Hawaii this summer.
（我今年夏天計畫去夏威夷。）

② 他人決定的未來

We **are going to** have an exam next week.
（下週我們有個考試。）

雖然有人認為 ① 和 ② 嚴格來說是不同的，但出於容易理解的考量，這是我個人的解釋和用法。

① 表示「作為預定，決定好的計畫」的細微差異。

前面在說明否定句、疑問句時，提到過去的動詞本身是（做～事）的名詞，並使用「do＋動詞」的形式。

換句話說，「be going to＋動詞」的形式，是在「be going（～途中）」和「動詞（做～事）」之間，加上帶有「方向性」的介系詞 to。因此，「be going to ～」蘊含著「某事已經朝著特定方向進行或計畫中」的隱藏細微差異。

　　從進行式（be going to）中也可以感受到「現在這個瞬間，正朝著某事前進」，是包含現在、未來的複合時態。

　　關於 ②「他人決定的未來」，廣泛來說是和 ① 相同的思維。「下週有考試」這個句子表達出，即使是當場決定，也不是自己能夠決定的事情。

　　接下來，讓我們再比較用 will 的相似例句，來探討母語者實際感受到的細微差異。

We **will have** an exam next week.
（我們下週要參加考試。）〔意志〕

We **are going to** have an exam next week.
（我們下週有個考試。）〔預定〕

　　使用 will 的句子，傳達了「那個瞬間的意志」；而使用 be going to 的句子，則表達了「與自己的意志」無關的「預定」，這兩者的語感是有差異的。

(iii)〈現在式〉…「反覆動作」

　　接下來的未來式用法，在現在式的章節也有提到。

The shinkansen **arrives** at 7:20 tomorrow.
（那台新幹線將於明天 7:20 **抵達**。）

　　從過去、現在及未來不斷重複發生的事情，會以現在式來表達。句子中雖然提到明天很明確是未來的事，不過因為是強調反覆發生，所以上述的例子會使用現在式動詞。

不過這個例句，也可以使用 will 來表示純粹的未來。

The shinkansen **will arrive** at 7:20 tomorrow.

就像這樣，使用 will 也沒有任何問題。過去曾有人向美國、加拿大等英語圈母語者進行調查，詢問在這種情形會使用哪種用法，結果發現使用現在式及 will 的人數幾乎相同。因此，基本上使用哪種用法都可以。

(iv)〈現在進行式〉…「極靠近的未來」

未來式的方法中，表示「極靠近的未來」會使用現在進行式來表達。生活中的例子，可以看新幹線的車內廣播。

We **are arriving** at Odawara Station in a few minutes.
（再過幾分鐘即將抵達小田原車站。）

「列車即將抵達，請做好下車準備」，車內廣播傳達著催促人們的語氣。透過現在進行式強調「馬上」，能給予聽者「馬上就要抵達了」的急迫性。然而若是使用描述純粹未來的「we will arrive ～」，則會呈現「再過一陣子才會抵達」的平淡語氣，無法傳達出急迫性。

(v) shall…「強烈的未來意志」和「命運的未來」

未來式的最後一種用法就是使用助動詞 shall 的未來。

雖然有如同電影 Shall We Dance?《來跳舞吧》「來～吧！」的用法，不過未來式的使用情境比較特殊，主詞依照不同的意思會有巨大的變化。

第1章
英文的
基本結構

第2章
時態

第3章
衍生的
動詞文法

第4章
從組合中
誕生的文法

第5章
容易混淆的
英文文法

①強烈的未來意志（第一人稱）…必須～

It's late. I **shall** go.（太晚了，我該走了。）

如果使用這種用法，相較於「will」，能感受到更強烈的意志，並傳達出「留我也沒用，絕對要走」的細微差異，因此對方很少會勸阻。相比之下，「I will go.」傳達的是「我要走了」的細微差異，對方可能說「哎呀！再多留一會兒吧」來進行勸阻。

②命運般的未來（第二人稱、第三人稱）…注定要～／變成～

You **shall** die.（你已經死了。）源自《北斗神拳》英文版
You **shall not** pass!（你不能通過！）源自《魔戒》

表示「命運般的 shall」是一種非常誇張的表達，因此日常會話中幾乎不會出現。截至目前我所遇到的使用例子，便是上述所介紹的兩個例句。

第一個例句是出自日本動畫《北斗神拳》中著名的台詞，第二個例句則是奇幻劇作《魔戒》中，巫師甘道夫阻止敵人時說的台詞。

在日常生活中雖然沒什麼機會使用，不過偶爾會還是會出現在各類作品中。將這個知識放入腦中，當你遇到時，相信內心便會發出「哇！命運般的 shall 出現了！」的聲音，進而提高對動畫或電影的興趣。

「連接現在的過去」就是「現在完成式」

 現在完成式和過去式的差異為何？

終於從這章開始要正式進入「線型時間制」。首先，先來說明線型時間制的基礎「現在完成式」。

過去在學校中，學到了現在完成式的公式「have＋過去分詞」以及以下四種用法。

現在完成式＝have＋過去分詞
① 完成　（已經）完成～
② 結果　完成～了（現在仍然如此）
③ 經驗　有～的經驗
④ 持續　一直做～

很多人傾向列舉公式並立即進行測試的方式來教學，但這只是為了達到與翻譯整合的「表面」功夫。

關於母語者對完成式的實際感受，在這裡將會以問題的形式來說明。

Today, two airplanes **have crashed** into the World Trade Center.
（今天，兩架飛機〔　　〕世貿中心。）

第1章
基本英文的
結構

第2章
時
態

第3章
衍動生詞的的
文法

第4章
從組合中
誕生的文法

第5章
英容易混淆的
文文法的

大家覺得在這段翻譯中的括弧，應該填入什麼呢？不太清楚過去式與現在完成式差異的人，應該會填入〔撞上了（過去式）〕。

會這樣回答是因為學校的英文教育，在「時態」方面沒有建立好的緣故。下面的內容將以這個例子為基礎，來複習「現在完成式」的時間軸。

「過去發生的事，現在仍在持續」

現在完成式的正確時態，所代表的意思是「**連接現在的過去**」。時間軸如下圖，表示「過去某一時間發生的狀態並且一直持續到現在」，就是現在完成式所傳達的感覺。

換句話說，使用「have＋過去分詞」並詢問母語者時，對方會從句子中，感受到「**過去發生的事現在仍持續著**」的**細微差異**。

另一方面，過去式是一種平鋪直敘的表達，表示「過去曾有這件事」，並傳達出「與現在沒關係」的細微差異。

「have＋過去分詞」與「過去式」最大的差別，就在於「過去發生的狀況是否與現在有直接關係」。

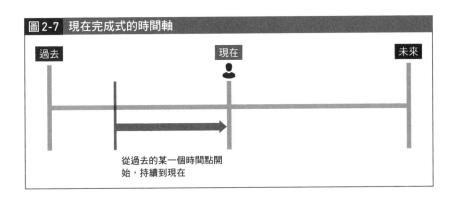

圖 2-7　現在完成式的時間軸

過去　　　　　　　　　　現在　　　　　　　　　　未來

從過去的某一個時間點開始，持續到現在

「連接現在的過去」可以說明全部

以這個時態的感覺為基礎，重新檢視在國中等階段學習的現在完成式吧！以下的內容都可以統一記成「連接現在的過去（某一事件的狀態到現在仍持續著）」。

①完成　（已經）完成～

I have finished my work.（我已經完成我的工作了！）

這個句子傳達「工作結束的狀態，現在也仍持續著」，從這句中可以讀出「現在沒有需要做的工作」的細微差異。

②結果　完成～了（現在仍然如此）

I have lost my ring.（我的戒指不見了。）

這個句子代表「戒指不見了，現在依然沒找到」。寫成過去式「I lost my ring.」，則會不清楚之後是否找到戒指。但若以完成式表示，就能傳達「現在依然沒找到」的意思。

③經驗　有～的經驗

I have learned swimming.（我學過游泳。）

這個表達代表「學會游泳的狀態，現在依然持續」。寫成過去式「I learned swimming.」則傳達「過去學過」的事實，但無法保證「現在是否仍會游泳」。

另一方面，若以現在完成式來表示，就能表達出「現在也會游泳」的意思。

第1章
英文的
基本結構

第2章
時態

第3章
衍生動詞的
文法

第4章
從組合中
誕生的文法

第5章
容易混淆的
英文文法

④持續 一直做～

I **have been** in Tokyo for two years.

（我在東京住了兩年。）

與上述內容相同的思考方式，這個句子代表「我在東京（I am in Tokyo）的狀態，現在仍持續著」，並且會使用介系詞 for 來傳達「已離開了兩年」。

若直譯這個句子，它的意思是「已離開了兩年且一直待在東京」，轉換成意譯就變成了「我在東京住了兩年。」

現在完成式的四種類型，說到底只是翻譯的一個例子

正如到目前所理解的內容，**在國中學習現在完成式①～④ 的解釋，全都是在「現在完成式的時態」的基礎上翻譯例子**。

過去學習現在完成式 ①～④ 解釋的人，必須記住所有用法才能好好運用。不過，**只要掌握「連接現在的過去」的時態感覺，就可以對應 ①～④ 的解釋**。

「現在完成式」的真實詮釋

在時態的感覺基礎上，我們再次回頭看一開始的例句。

Today, two airplanes **have crashed** into the World Trade Center.

應該已經有人注意到了，這句話是 2001 年 9 月 11 日在美國同時發生多起恐怖攻擊事件時，當時的總統喬治·沃克·布希在公開發表中開頭所說的話。這句的「have crashed」容易被翻譯成過去式「撞上了」。

不過從這個句子的時態，**可以讀出「兩架飛機撞上了建築物，並且所引起的事件到現在依舊持續」的狀態**。

母語者在聽到「have crashed」的瞬間，就能從特地使用現在完成式而非過去式，進而理解到「這個事件目前仍持續著」，並且是比過去式「crashed」的情形，更加嚴峻的狀況。

像這樣理解與不理解「時態所代表的隱藏細微差異」，對於句子所傳達的印象會有非常大的不同。

我們以「現在完成式的隱藏細微差異」為基礎，來翻譯上一頁的句子，就會變成以下內容。

今天，兩架飛機撞上了世貿中心，現在仍在燃燒。

「現在仍在燃燒」這句話，當然沒有出現在英文句子中。然而，當時的母語者應該能夠從現在完成式中捕捉到「這種情況仍在持續」的隱藏細微差異，並且推測出「現在仍在燃燒」。像這樣的細微差異，是死背對應翻譯「現在完成式→已經完成」沒辦法讀出的。透過確實地理解時態感覺，將能夠更正確、靈活地理解英文。

 為什麼是「have＋過去分詞」？

理解了現在完成式的使用方式後，接下來會針對「為什麼是『have＋過去分詞』？」這個根本的問題進行說明。

為什麼完成式要使用「have」？並且為什麼是「過去分詞」？這個理由眾說紛紜，這邊會介紹其中一個比較容易接受的理由。

　　在現在完成式出現前的古英文中，會使用以下的語序來表達相同的意思（詞彙已轉換為現代英文）。

第1章
基本英文的結構

第2章
時態

第3章
衍生動詞的文法

第4章
誕生的文法從組合中

第5章
英文文法容易混淆的

I have my work finished.（我完成我的工作了。）

　　have 這個單字不僅具有「擁有」的意思，還可以表示使役，也就是指「讓某人做某事／使某事發生」（請參考使役動詞的章節）。

　　過去分詞則具有被動語態的意思，表示「被迫做某事」（請參考被動語態的章節）。

　　因此，直譯這句話就會變成「我被迫使工作結束了（→現在完成式）」這個說法的語序如下所示。

主詞（I）→ 述詞（have）→ 受詞（my work）
→ 過去分詞（finished）

　　然而像這樣「受詞（my work）放前面，過去分詞（finished）放後面」，以動詞夾帶受詞的形式會顯得冗長繁瑣。因此**透過將「使役動詞和過去分詞」組合成述詞（V）**，並以「主詞（I）→ 述詞（have finished）→ 受詞（my work）」的順序，會更加向第三句型（SVO）靠攏。

　　在現代英語中，現在完成式被視為「助動詞 have ＋過去分詞」。但實際上它的起源是來自**「使役動詞＋過去分詞述詞化的結果」**。

看圖秒懂「過去完成式」與「未來完成式」！

 位移現在完成式的「時間軸」

　　只要能了解現在完成式的時態，就能馬上理解**過去完成式**與**未來完成式**。針對未來完成式，我個人認為在日常生活中很少出現，一般只會出現在小說裡。相較之下，過去完成式的使用場合比較多，若能記住就會方便很多。

　　不論哪種文法形式，只要將「過去發生的某件事持續連接到現在（連接現在的過去）」的時態感覺，位移到「其他時間軸」，就能馬上理解。

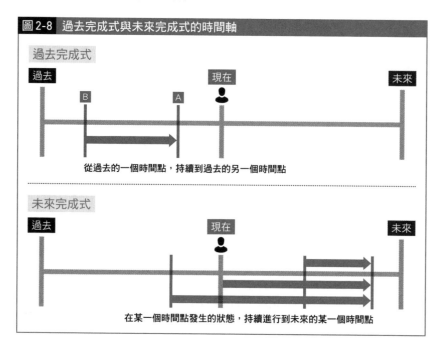

圖 2-8　過去完成式與未來完成式的時間軸

過去完成式

過去　B　A　現在　未來

從過去的一個時間點，持續到過去的另一個時間點

未來完成式

過去　現在　未來

在某一個時間點發生的狀態，持續進行到未來的某一個時間點

重點是「持續到某一點的期間」

過去完成式是將現在完成式「have＋過去分詞」的 have 改成過去式。

〈過去完成式〉…從過去的一點，持續到過去的另一點

I **had been** in America until last March.
（我直到去年三月為止都待在美國。）

這句可以轉換成，「我」從「去年三月以前」都一直待在美國，直到「去年三月」才結束。在這個情境下，「何時開始」是模糊的，不過「結束於過去的某一點並且與現在不同」是清楚的。

如左圖，以感覺直觀地掌握「從更久遠的過去 B（更大的過去）連接到靠近現在的過去 A」十分重要。然而未來完成式則是在 have 前加上表示「純粹未來的 will」。

〈未來完成式〉…持續到未來的某一點

I **will have been** in America until next March.
（我會待在美國直到明年三月。）

過去完成式代表著「過去時間點 B 持續到過去時間點 A 的狀態」，未來完成式則是表示「持續到未來某一個時間點」。這個句子中明確表示結束時間在「明年三月」。

如左圖完成式的「線型時間制」時態，用感覺直觀地理解是十分重要的。在日常會話中，應該要經常回想這個圖表，並養成習慣去思考「這個句子是哪個時態」。

「完成式」的
否定句與疑問句

 保留過去分詞，只變化 have

日常會話中，完成式肯定句出現的機會較多，不過完成式的疑問句及否定句也經常使用。

思考方式基本上與一般否定句和疑問句相同，不過根據句子不同，也會出現需要留意的情形，以下將依序介紹。

【肯】You **have eaten** dinner **already**.

（你**已經**吃過晚飯了。）

如上述例句，用於完成某事是完成式的經典句子。關於 already，在學校課程中大多是教導將它放在句中，但在現代英文中會傾向放在句尾。將這個句子改成否定句時，要在助動詞 have 後面加上 not，如同以下例句。

【否】You **have not eaten** dinner **yet**.（not ~ yet 還沒～）
　　　（haven't）
　　　（你**還沒**吃晚餐。）

當作肯定句使用 already（已經）的替代，否定句要使用 not ~ yet（還沒～），並將「not ~ yet」視為一個組合來記住。此外 have 後面的動詞要維持使用過去分詞。

疑問句的基本思維也和一般句子相同，把助動詞移到主詞前面使用。

【疑】 **Have** you **eaten** dinner **yet**?
　　　（你晚餐**已經**吃過了嗎？）

　　在疑問句中也是將 already 改成 yet，相當於「已經～了嗎？」的意思。回答這種完成式疑問句時，會有以下幾種說法。

Yes, I have.（對，我吃了。）
No, I have not.（不，我還沒吃。）
Not yet.（不，還沒。）

　　此外，當主詞是第三人稱單數時，就會與 does 相同，have 要變化成 has。

【肯】 She **has studied** abroad.（她曾在國外念書。）
【否】 She **has not studied** abroad.（她沒有出國念書過。）
　　　　（hasn't）
【疑】 **Has** she **studied** abroad?（她有在國外念過書嗎？）

　　在進行翻譯時，你說不定會產生疑問「這是現在完成式的哪種用法？」，不過也應該要時常將「**完成式說到底只是時態，不應該被限制於固定的譯文**」這種想法放在腦海中。

　　在上述例句是從「沒有加 already 和 yet」以及「在國外念書」的內容進行判斷，並選擇翻譯成「有～的經驗」。

「完成進行式」表示
一段時間內持續進行的動作

🕐 在現在完成式中放入進行式的要素

　　掌握了完成式的時態之後，接著要介紹另一個線型時間制的時態「完成進行式」。首先，我們先將下列的句子改成英文吧！

　　她這三個小時一直在看電視。

　　看到這個句子後，不自覺地想到「連接到現在的過去，是完成式！」，如此一來就會寫成下列的句子。

　　▲ She **has watched** TV for three hours.

　　雖然可以表達出「她看了三個小時的電視」，但也傳達著「看了三個小時的狀態，持續到現在為止」，已經看完電視的細微差異。若要表達「仍持續在看」的「持續性」，就必須在現在完成式的型態上，加上進行式的要素。

　　首先，以「has watched」的現在完成式句子為雛形，接著再導入「進行式」的「be 動詞＋~ing」型態。

　　○ She **has been watching** TV for three hours.
　　have＋be 動詞過去分詞＋~ ing → 現在完成進行式

第1章
基本英文的結構

第2章
時態

第3章
衍生的動詞文法

第4章
從組合中誕生的文法

第5章
容易混淆的英文文法

　　這樣一來，「現在完成進行式」就完成了。完成進行式就是「在完成式中加入一直做的意思」，並以此為雛型組合出來的句子。

　　透過這種感覺的應用，我們可以整理出下圖關於「過去完成進行式」與「未來完成進行式」的時態示意圖。

〈過去完成進行式〉 had been ~ ing（過去一直在～）

She **had been sleeping** until noon.

（她直到中午一直都在睡覺。）

〈未來完成進行式〉will have been ~ ing（將會一直～）

She **will have been sleeping** until noon.

（她會一直睡到中午。）

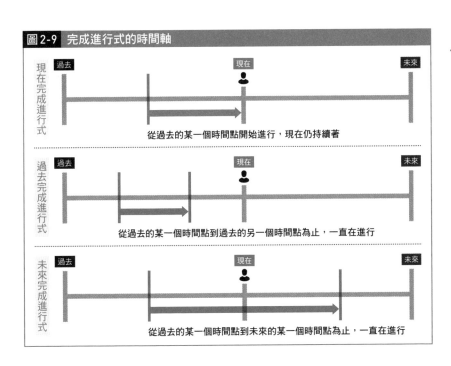

圖 2-9　完成進行式的時間軸

現在完成進行式：從過去的某一個時間點開始進行，現在仍持續著

過去完成進行式：從過去的某一個時間點到過去的另一個時間點為止，一直在進行

未來完成進行式：從過去的某一個時間點到未來的某一個時間點為止，一直在進行

「假設語氣」表達 「神的時間」

 不需要假設語氣的「公式」

　　現在完成進行式結束後，英文的時態就幾乎都說明完了。不過還有一個時態的最終堡壘，那就是「**假設語氣**」。

　　普遍來說，假設語氣是高中英文中最難的文法，我依稀還記得自己在高中時，因為覺得實在太難了而氣到丟湯匙的模樣。為什麼假設語氣會被視為很難的文法，說到底是因為「公式太過複雜」。作為「不良例子」，我們來複習假設語氣的公式。

【不良例子】「假設語氣過去式」的公式

如果～的話，就能～。

If＋主詞＋**動詞過去式**＋受詞＋α，
主詞＋**助動詞過去式**＋動詞原形＋受詞＋α
（could / should / might 等）

→ 如果我是一隻鳥，就能飛到你身邊。
If I **were** a bird, I **could** fly to you.

　　光是看到這個公式就感到頭痛的人應該不在少數吧！連背公式都會感到頭昏眼花，就更別提想要去細細品味句子所帶出的含意了。

因此，我在這裡中肯地建議，**徹底把這個公式忘了吧！**

我自己在高中時也是透過背文法來學習，卻沒什麼效果。然而在研究英語歷史的過程中，**當我意識到應該從「時態的角度」來看待它時，便立刻能熟練地應用。**

本書中不會強調「背誦公式」，並且會介紹能夠直觀理解假設語氣的方法。

第1章
英文的
基本結構

第2章
時態

第3章
動詞的
衍生文法

第4章
從組合中
誕生的文法

第5章
容易混淆的
英文文法

 假設語氣是個「奇特的規則」

讓我們再看一次剛剛的句子。

如果我是一隻鳥，就能飛到你的身邊。
If I ~~am~~ a bird, I ~~can~~ fly to you.
　　were　　　　　could

上述的句子原本是現在式第一人稱，卻使用了過去式，將 am 改成 were，以及後半句中的 can 改成了 could。

就像這樣，**明明是現在式但卻使用了過去式，並且主詞後的 be 動詞也變成了「were」**，在假設語氣中會有這樣奇特的規則。為什麼會出現這樣奇特的表達方式呢？

 假設語氣的起源是英文的「敬語」

假設語氣演變出如此奇特的用法，這個理由要追溯回英文的歷史。英語起源於距今約一千五百年前的古英語。之後隨著基督教普及，使得一個語言逐漸發展成熟。講到基督教，就會知道聖經作為宗教經典被傳播到各個英語圈國家。

不過由於聖經並非以英文撰寫，因此要在英語圈普及，就必須翻譯成英文。然而當時發生了一個困難，那就是「當時的英文沒有敬語」。

為什麼聖經的翻譯需要用敬語呢？這是因為舊約聖經是講述「神與人」的故事，而新約聖經是關於神的兒子（或分身）「耶穌基督」的故事。

在舊約聖經中，描述了神對人類施加懲罰的情節，而在新約聖經中，描述了神的化身基督所施行的各種奇蹟。換句話說，在基督教中神是受人尊敬的存在。

然而在希伯來語、拉丁語中，對於神或王等必須尊敬的人的行動，會使用特殊單字來描述。就像中文中的「看 → 請閱覽」，這樣給人的印象更加強烈。

另一方面，與不同語言融合而終於誕生的古英文，並不存在那樣特別的動詞。

若是因為沒有敬語，而直接使用人類所用的動詞及相同變化來翻譯，就會將「神與人類列為同等」，進而引起神的憤怒也說不定。

因此，當時代敬畏神的神職人員們，才想出「使用與人類不同的動詞變化，來翻譯神的行為」的方法。

 ## 變化動詞，形成「謙讓語」

然而，即使試圖改變動詞的活用方式，或試著創造新的變化和詞彙，這樣只會讓原本已經變得統一的英文又會再次變得複雜。於是，神職人員轉為關注「時態的變化」。

人在敘述神的領域時，透過將時態下降一階，表示降低

自己的立場以及顯示對神的敬畏。以思考方式來說，是像謙讓語一般的發想。

換句話說，句子本來的時態若是現在式就改成過去式，未來式就改成現在式，過去式就改成過去完成式。**在敘述「使人敬畏惶恐的神之領域」時，透過「將動詞時態下降一階」**，在表達敬畏之意的同時，帶有謙讓語意的習慣也逐漸流傳。

 ## 假設語氣 → 「只有神能實現的話」

那麼為什麼假設語氣會與「對神的尊敬」有關呢？

隨著基督教普及，英文與基督教的關係也越發緊密，並大幅地影響了英文的表達方式。

其中「如果～的話，就能～」是帶著**「雖然這是只有神才能實現的事，但如果～的話，就能～」**的細微差異來敘述事情。一般使用假設語氣「如果～的話，就能～」的情形，大多是人類無法實現的「假設狀況」。當時熱衷於信仰基督教的人們，在敘述假設的事情時，會意識到神的存在並下降動詞時態來表達。

 ## 假設語氣只是「將時態下降一層」而已

以上述內容為基礎，我們再重新看開頭的句子。

如果我是一隻鳥，就能飛到你的身邊。
If I were a bird, I could fly to you.

「我是一隻鳥」的這個前提，超過了人類的認知。

在敘述只有神才能實現的事情時，對當時的人來說是一件十分惶恐的事。**因此才演變成在敘述假設事物時，為了表示對神的敬畏，會將時態下降一階作為對神的謙讓語使用。**

那麼為什麼不使用 was 而是使用 were 呢？這是因為人們認為這樣更能突顯這是一個「假設」的緣故。

從歷史來看，過去曾經有過「If I was ~」的時期，但最終都朝著「假設語氣的 be 動詞都是 were」進行統一。

然而在現代英語中，即使在談論現在的事物，若是突然出現主詞是第一人稱卻用過去式 were，就能立即意識到「這是一個假設的敘述！」。

由此可知，**假設語氣的奇特規則起源於「對神的敬畏」，而現在則是出於「為了讓假設的敘述更容易辨識」的實用理由，保留了「將人的時態下降一階」的用法。**

 從實際例子來看假設語氣的「時態」

接下來，從實際例子來看「假設語氣的時態降階」。

(i) 如果我有車，就可以去兜風了。
If I **had** a car, I **could** go driving.

這句話是以說話者「沒有車」為前提。在說話的瞬間，車子不可能立刻出現在眼前。因此**意識到是神的領域，並將動詞時態降階**。原本是現在式的動詞及助動詞分別下降成過去式。

第1章
基本英文的結構

第2章
時態

第3章
衍生動詞的文法

第4章
從組合中誕生的文法

第5章
容易混淆的英文文法

(ii) 如果那個時候我在那裡，就能遇到他了。

If I **had been** there at that time, I **could have met** him.

這裡要注意這個句子是在敘述過去的事情。

從「過去」再降一階時，登場的是完成式中表示「比那個過去更久遠的過去時間點 B（更以前的過去）」。因此**陳述過去的假設，必須使用過去完成式。**

其中要注意的是，過去式 could 之後的 have。原本配合「更久遠的過去」的時態，應該要寫成「could had met」。不過，因為有「助動詞後面的動詞為原形」的規則，因此才變回 have。

(iii) 如果你有一百日圓，希望你可以借我。

If you **have** a hundred yen, I **want** you to lend me.

這個其實是一個陷阱題。我們從翻譯可以理解到「如果你有一百日圓的話…」，這個假設是「在當下是相當可能發生的情形」，因此不需要展現「對神的敬畏」，直接使用現在式即可。

下面這個例子「如過你現在有一億日圓的話…」，這句話應該就需要使用假設語氣吧（除非對方真的是個億萬富翁）！只要知道「對神的敬畏之意」這個前提，在面對這樣的陷阱題時，就能不慌不忙地使用正確的方式。

如果掌握到「時態感覺」，就只要用**「假設語氣 → 對神的敬畏之意、時態下降一階」**這種非常簡單的記憶方法，就能輕鬆掌握假設語氣。

不使用「If」的「假設語氣」

 ## 使用「wish」的假設語氣

接下來，讓我們來思考「不使用 If 的假設語氣表達」。首先，我們先來複習前一章節解說的假設語氣。

> 如果我更帥一點，我就可以跟她結婚了。
> **If I were more handsome**, **I could marry her**.
> 　　　條件子句　　　　　　　從屬子句（結論）

就像這樣，使用 if 假設句子「如果～，就～」，是由「條件子句＋從屬子句（結論）」兩個句子所組成。

從這個句子中，我們可以知道這個人有兩個願望 ①「想變得更帥」、②「能跟她結婚就好了」。

在日常會話中，經常有單純表達願望「若能～就好了」的機會。這種時候只要省略 if 改用「wish」，便可以分為兩個句子。

> ①我希望我能變得更帥。
> I wish I were more handsome. ← 省略條件子句的 if

> ②若能跟她結婚就好了。
> I wish I could marry her. ← 從從屬子句擷取出的內容

「突然變帥」、「沒有理由就能跟她結婚」像這樣的事，都是以「向神祈求希望能幫忙實現的假設」為前提。因此 wish 以下的子句時態，必須下降一階。

使用「It's time ~」的假設語氣

假設語氣的使用方式五花八門，在日常生活中，還有一種使用頻率很高的用法。那就是「是～的時候了」的用法。

〈It's time ~ .〉
是該睡覺的時候了！
It's time (that) you **went** to bed.
~~go~~

這裡出現了一個疑問。這個句子一看就知道不是假設語氣，只是日常生活隨口的一句話。但是 that 後面（that 經常省略）的子句時態，卻下降了一階。

這是因為說話者在說出「it's time ~」的時候，聽者還沒有就寢。從所在位置瞬間移動到床上的絕技，一般是不可能出現的。因此在這裡運用了假設語氣「神的領域」的概念，將時態降階，以「you went to bed」來表達，其他還有以下類似的用法。

It's about time ~ .（時間差不多了，是～的時候了。）
It's high time ~ .（是時候該～了。）← 現在已經很少用了

實際上「敬語」和「假設語氣」是相同思維！

 英文中不存在「敬語的表達」？

假設語氣的章節中,提到了「透過將時態下降一階,藉此來展現對神的敬畏」。在這個章節會針對「英文的敬語」進一步做說明。

說到英文的敬語,很多學習者就會誤以為他們「必須背敬語的特殊表達」。雖然英文中有如同敬語一樣的表達方式,但只要學會「**敬語的思考方式**」,就能使用更廣泛的敬語表達。

 英文中只有「謙讓詞」

首先從結論來說,**英文中只有謙讓詞(降低自己的表達)**。請當作英文沒有那樣的尊敬語(提高對方的表達),雖然不是完全沒有,但使用情況卻非常罕見。

在說明英文敬語的思考模式前,我們先來思考一般我們在國中課程裡學到的英文委婉用法。

① Will you ~?(你會~嗎?)
② Can you ~?(你可以~嗎?)

將 ① 與 ② 改成更委婉的講法,就會如以下的句子。

第1章
英文的基本結構

第2章
時態

第3章
衍生的動詞文法

第4章
從組合中誕生的文法

第5章
容易混淆的英文文法

① → Would you ~?（你會～嗎？）

② → Could you ~?（能請你～嗎？）

在英文中**若將原本的句子改成過去式，就會變為表示禮貌拜託的謙讓詞**。換句話說，這是源自於假設語氣的概念。

受到基督教影響的英文，制定了降低動詞時態，以表達「對神敬畏」的規則。歷經多年的使用，這種用法不僅用於神，還開始用於表達對國王的尊敬。隨著時間流逝，逐漸當作有身分地位的人物的謙讓詞。最終演變為「對上位者的謙讓」，並以「降低時態」的方式來表達。

換句話說，英文敬語的概念只是一種「**降低自身時態的表達方式**」，**因此能應用於各種場面**。

從下列的例子便可以看出端倪，這是出自電影 Back to the Future Part II《回到未來 2》的開頭，受雇於主角家人的畢夫・譚能所說的話。

I **wanted** to show you those new matchbooks for my auto dealing I **had printed** up!

（我想向您展示那些我之前印刷並用於汽車交易的新火柴盒。）

這句台詞即使是對眼前的人說的話，還是使用了過去式 wanted。此外還用更久遠的過去「had printed」來表示比「現在」更早的動作「印刷」。

像這樣降低自己的動詞時態，可以作為針對對方的謙讓詞使用。不過英語圈的人在商業上及人際交往中更傾向直接坦率的方式，因此說話時要注意不要給人過於謙遜的印象。

條件副詞子句是「假設語氣的一種」

🕐 條件副詞子句「如果～就～」

只要掌握「假設語氣的時態」，就能馬上理解「條件副詞子句」的用法。條件副詞子句指的是下列句子的前半部。

如果明天是晴天，我們就去海邊。
If it ~~will be~~ fine tomorrow, we will go to the sea.
　　　　is

為什麼句子的前半部會被稱為「條件副詞子句」？這是因為使用了「帶條件的子句」來說明「（我們）去（海邊）」這個動詞。

修飾動詞的詞彙稱為副詞，不過這個句子不是以單字，而是以帶有條件的子句修飾，因此被稱為條件副詞子句。

在學校的課程中，會學到「敘述未來的 if 子句，不使用 will 而是使用現在式」。

不過只是這樣解釋，人們可能會陷入思考停滯，並問：「為什麼關於未來的 if 要用現在式呢？」。

然而這個句子也可以運用「假設語氣的時態降階」法則來思考。

第1章
英文的基本結構

第2章
時態

第3章
衍生動詞的文法

第4章
從組合中誕生的文法

第5章
容易混淆的英文文法

 關於「未來」的假設語氣

原本的 if 子句是「it will be fine tomorrow」的未來句子，不過因為「假設語氣的時態降階」法則，因此時態從未來式下降一階，變成了現在式。讓我們來仔細看看。

如果明天是晴天，我們就去海邊。
If it is fine tomorrow, we **will go** to the sea.
只有神知道的領域（→ 假設語氣現在式）

首先，「如果明天是晴天」這個部分，只有神才會知道未來的天氣是什麼樣子，即使現在有高精度的氣象衛星，但人類要準確地知道未來的事仍是不可能的。

因此這句話是在敘述神的領域，作為謙讓詞要將未來式下降一階變為現在式。

另一方面，「we will go to the sea」的部分，與「未來的天氣」不同，是人類可以控制的領域。只要有 1% 的人類可以控制的可能性，就不能使用假設語氣，因此這個部分的時態不用降階。

就像這樣，將「神的領域」、「人的領域」分開思考，並將條件副詞子句視為假設語氣的一種，就能簡單地解釋。

雖然也有反對的聲浪認為「假設語氣現在式指的是別的東西」，然而若能掌握這一章談到的「假設語氣的基礎」，就能夠更自由地活用假設語氣、敬語和條件副詞子句。不用想得太難，「當遇到上位者時，就使用時態降階法」。往好的方面來說，粗略的掌握就是這些文法的運用祕訣。

「結構文法」與「感覺文法」

在回顧學生時期的英文課時，應該很少人是全部的文法都不懂，大多數的人都有「某種程度上已經理解的文法」和「不理解的文法」。接下來，就讓我們從下一頁的圖表中，尋找那些在學生時期無法理解的文法吧！

應該比較多的人是選擇右側「感覺文法」框內的文法。**事實上，英文文法可以分為「感覺文法」與「結構文法」兩個部分。**

「感覺文法」與「結構文法」是我自創的用語，意思如下：

感覺文法：母語者以「直覺」來理解的文法
結構文法：只要知道型態，就能使用的文法

關於結構文法，由於中文與英文的認知差異相對較小，因此只要記住型態就能輕鬆地使用。

另一方面，關於感覺文法，由於中文與英文的認知有著很大的差異，因此如果無法充分理解母語者使用這個文法的感覺，要熟悉運用就有困難。學習難度較高的時態，全都放在感覺文法中。

圖2-10　「結構文法」與「感覺文法」的差異

「結構」文法

中文與英文的
認知差異相對較小

be 動詞
一般動詞
疑問句
五大基本句型
冠詞
介系詞
連接詞
形容詞與副詞
助動詞
不定詞
be to 句型
分詞
動名詞
比較級
被動語態
使役動詞
關係代名詞
關係副詞

「感覺」文法

中文與英文在認知上
有很大的偏差

時態
假設語氣
敬語
條件副詞子句

第1章
英文的基本結構

第2章
時態

第3章
動詞的衍生文法

第4章
從組合中誕生的文法

第5章
容易混淆的英文文法

請看下列的兩個句子。

【過去式】　　　 I lost my ring.（我的戒指掉了。）
【現在完成式】 I have lost my ring.（我的戒指不見了。）

只看翻譯的話，會覺得這兩句過去式和現在完成式的例句，是相同的意思。

然而現在完成式的例句意思帶有「戒指丟了，現在仍找不到」的細微差異。

另一方面，過去式的例句「I lost my ring.」，則會不清楚之後是否有找到戒指。

像這樣微妙的細微差異，絕對是「死記硬背公式」的學習方法所體會不到的語感。在學習文法並覺得理解有困難時，首先可以確認這個文法是感覺文法還是結構文法，也是一種不錯的選擇。

如果是感覺文法，就需要意識到「為什麼這個文法是這個型態？」、「為什麼需要這個文法？」、「要用在什麼樣的場合？」等問題，並以掌握母語者的感覺為目標來學習。

第3章

動詞的
衍生文法

動詞的衍生文法也能以一個故事串聯彼此

　　第三章將針對「動詞的衍生文法」來進行說明。英文有著比中文更以「動詞」為中心發展的歷史，因此在學習「動詞的衍生文法」時，首先理解「助動詞」非常重要。助動詞是「膨脹動詞意思」的文法。透過使用助動詞，一個動詞可以變化成數種意思，表達方式也能一口氣增加。

　　接下來是「不定詞」。不定詞是在構成英文時，幾乎一定會出現的文法。它像是一種「祕密調味料」，可以稍微豐富想傳達給對方的內容。

　　第三個要學習的是，從不定詞中衍生出的「be to 句型」。「be to 句型」其實是從雄壯的歷史中誕生的「差不多」用法。好好運用差不多的用法，就能表達出活靈活現的英文。

　　第四個是「分詞」。「分詞」、「不定詞」和「be to 句型」是兄弟關係。為什麼會這麼說？這是因為「分詞」中，有著與「不定詞」非常相近的使用方式。

　　最後是「動名詞」。「動名詞」也與「分詞」、「不定詞」是兄弟關係。「動名詞」的關鍵在於和「不定詞」的使用畫分。在學習「不定詞」、「分詞」和「動名詞」時，一起學習這些文法的誕生過程也相當重要，並且只要按照順序學習，相信大家一定能理解透徹。

　　接著，就讓我們一起來看「動詞的衍生文法」吧！

圖3-1 第3章【動詞的衍生文法】示意圖

膨脹動詞意思的文法

23 助動詞

將動詞當作「名詞」或「形容詞」、「副詞」使用的文法

24 不定詞

「to＋動詞原形」類似不定詞型態的文法

25 be to 句型

將動詞當作「形容詞」使用的文法

26 分詞

將動詞當作「名詞」使用的文法

27 動名詞

will 的意思不是只有「未來」！

 Will「未來」以外的三個意思

助動詞 will 來自於日耳曼語的「wilijo（意圖）」。

如同第二章「未來式」中提到的 will 代表「以意志決定的未來」，與 be going to「以前決定的未來或他人決定的未來」區別使用。一般學校的課程說明大多是僅止於此，而這一個章節將會更進一步詳細地說明。

will 除了「未來」以外，還有另外三個意思。

① will: 一定、無論如何，一定會～
② will often: 往往、經常
③ won't: 怎麼樣都無法～

讓我們一個一個來看。

① will：一定、無論如何，一定會～

In Japan, it will rain in June.（在日本，六月會下雨。）

表示「一定會發生」、理所當然的事，也可以使用 will。will 原本是用於表明「絕對想要～」的意志，但是在漫長的歷史中，「想要～」的部分逐漸被淡化，只留下了「絕對、一定」的部分。

第1章
英文的
基本結構

第2章
時態

第3章
衍生動詞文法

第4章
從組合中誕生的文法

第5章
容易混淆的英文文法

② will often: 往往、經常

He **will often** come here. （他經常來這裡。）

　　當人們想要做某事時，會根據「想要做～」、「一起做～」的意志行動，因此日常行為也可以使用 will 來表達。

③ won't: 怎麼樣都無法～

This door **won't** open. （這扇門怎麼都打不開。）
　　　　　(will not)

　　這是 ①「一定」的否定形式。這裡淡化意志的意思，因此沒有意志的物體作為主詞時也可以使用，例如：門。

　　won't 是「will not」的縮寫，但為什麼不像 don't 那樣寫成『willn't』呢？關於這個有許多不同解釋，其中較為好懂的解釋是「因為發音的比較順口，所以改成 won't」。

　　在英文的歷史中，曾有實際使用 willn't 的時期。不過由於當它出現在句中時，經常會造成說話者結巴，久而久之就改變成了「won't」。還有一種解釋是，為了使發音順暢而省略「will not」的 i 以及 l，拼寫成「wnot」。並且將 n 與 o 的順序顛倒，最後變成了「won't」。中文也有一些例子，例如打招呼的你好，為了發音方便會把「ㄋㄧˇㄏㄠˇ」變調的「ㄋㄧˇ」，唸成「ㄋㄧˊㄏㄠˇ」，但是打字時還是要輸入「ㄋㄧˇㄏㄠˇ」。

　　然而英文因為是單純的字母組合，因此拼法就會自然而然地朝向「won't」變化。

接下來我們會講 will 的過去式 would。

would 與 can 的過去式 could 都是以「ould」結尾，這是因為 ould 原本就代表過去的意思。

如右圖，will 用於表示「從現在到未來」，而 <u>would 則</u> <u>用於「從過去的某一個時間點到未來」，包含「從更久遠的</u> <u>過去到過去的某一個時間點」，以及「從過去到比現在更未</u> <u>來的時間」</u>。

① would: 原本打算～（過去）

I **would** come here last night.

（我昨晚原本打算來這裡。）

I **would** go to the cinema with you tomorrow, if you had asked me yesterday.

（如果你昨天問我的話，我就打算明天跟你去電影院。）

首先 ① 單純是關於 will 過去的用法。可以再看到右圖，是以「更久遠的過去」作為起點，描述了在「過去」或「比現在更未來」的時間點打算做些什麼。

② would: 可能會～（現在・未來）

He **would** run fast with those shoes.

（他穿上那雙鞋可能會跑得很快。）

② 是 would 的另一個用法，並用來表示「模糊不確定的未來」。請注意這個用法與過去無關，**這只是談論未來的一種方式。**

第1章
英文的
基本結構

第2章
時態

第3章
衍生的
動詞文法

第4章
從組合中
誕生的文法

第5章
英文文法
容易混淆的

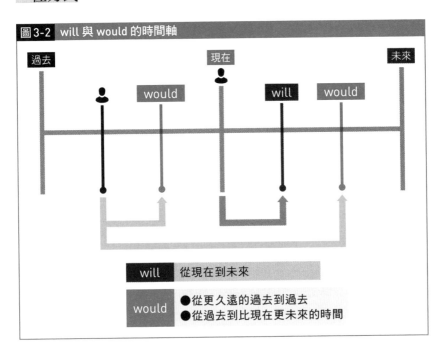

圖3-2 will 與 would 的時間軸

③ would often: 過去經常～

I would often fish in this river.

（我過去經常在這條河釣魚）

「would often」是「will often: 經常～」的簡單過去式。

will 經常以未來的形式使用，因此在學校課堂中，學生最終只學到了「未來＝ will」這個概念。

不過只要了解這一章所介紹的各個用法，相信大家一定能徹底熟練使用 will / would 這兩個助動詞。

「can」和「be able to」到底哪裡不同？

 「can」與「be able to」曖昧的差異

can 是表示「可以～」的助動詞，在日常會話經常出現。

在學校的課堂中，相信老師也教導學生們與 can 相同意思的片語「be able to ～」。我曾向母語者詢問「can 與 be able to 的差別」，但大部分的人回答「沒有認真想過，自然而然就這樣使用了」。而關於「can 與 be able to 的不同」，在現代英文的世界中也變得非常模糊。

 「can」的由來

然而若你想要在商業場合上正確地使用，就有必要明確地掌握這兩者之間的不同，讓我們來看下列的句子

① can:（能力上）能夠做某事

I **can** swim, but I am not able to swim today, because I have a cold.

（我會游泳，但我今天無法游泳，因為我感冒了。）

為了理解這個句子，讓我們先來揭開 can 的由來。

can 最初是從古英文「cunnan（知道）」這個動詞演變

而來的。換句話說，在以前「can swim」代表「知道游泳的方法（游泳的方法已根深蒂固在身體裡）」的意思。

「be able to ~」則源自於拉丁文中的「habilis（在某情形下，能～）」。

因此，這兩者的正確使用差別就如同以下這個句子的表達意思：「雖然（能力上）知道游泳的方法（can），但是因為今天感冒，所以（在這種狀況下）不能游泳（be able to）」。

然而在把英文當作第二語言的人中，實際上能夠正確區分使用的人並不多。雖然基本上只要能傳達意思就算是成功的溝通，不過能正確使用的話還是最好的。

只要掌握「can 代表著（能力上）能夠做某事」，「be able to 表示（根據情形）能～」這兩個的差別，就不會有任何問題。

 ## 「能、會」以外的使用方式

將 can 翻譯成「能夠做某事」並記住是相對容易的方式。然而，我們需要注意的是，can 除了「能夠做某事」有時也表示其他意思，所以還是要小心使用。

② can: 有～的可能性

It **can** rain today.（今天可能會下雨）

需要清楚寫作的情況，例如商務口譯或寫作，② 的意思比 ①「能夠做某事」更常出現。如果使用「能夠做某事」感覺不自然時，就可以考慮使用「可能」這個翻譯。

③ can: 那樣做也可以

You **can** eat all those pizzas.
（你可以把那邊的披薩全吃掉。）

　　原本作為表示「（能力上）能夠做某事」的句子，隨著漫長歲月，已經逐漸轉變為「（如果可以的話）可以做某事」的用法，最終保留了「那樣做也可以」的含義。

　　這個用法與後面要介紹的「may」類似，不過 can 也能用相同的用法。

過去式「could」的使用方式

　　can 的過去式 could 也和 will 的情形相同，是單純當作過去式使用。

① could:（過去能力）能夠做～

I **could** pass the exam.（我能夠通過考試。）

　　在這裡是單純作為 can 的過去式，表示「能夠做到」的意思。

② could: 應該可以（委婉）／有～的可能性

We **could** arrive at the station by ten.
（我們應該可以在十點前抵達車站）
It **could** rain tomorrow.（明天可能會下雨。）

　　「It can rain.」表示「有下雨的可能性」，而 could 則是

表示「應該有下雨的可能吧！」斷定的程度稍微降低一點。

其實在**許多語言中，都有著「將句子改成過去式，就可柔化語氣」的現象**。例如在日文中，會為了柔和語氣而使用過去式。雖然這被認為是人類的本能反應，但是否為事實尚無從而知。

另外有一個說法是與「假設語氣的時態降階」的理論相同，透過下降時態退後一步，進而軟化語氣。

 為什麼「can」無法加第三人稱單數的 s 呢？

關於 can 的用法就說明到這邊。

不過目前還有一個疑問，那就是「為什麼 can 沒有第三人稱單數的變化呢？」

就如前面所提到的，can 是源自於古英文中的「cunnan（知道）」。然而不同於其他一般動詞，這個單字來自於不同體系，簡單來說就是不適用「第三人稱單數現在式加 s」變化。

因此在「第三人稱單數現在式加 s」的規則完全確立之前，這個單字並不在這個概念中。

在古文獻裡面，偶爾會看到錯誤使用「第三人稱單數現在式加 s」，寫成 cans 的單字，不過這個寫法最終還是被淘汰，至今已不復存在。

意識到神的詞彙「may」

「may」的詞源來自於「神」

與 can 相同，另一個帶有「可以」意思的詞彙就是 may。

may 是個充滿謎團的助動詞，大致上可以分為「可以～」、「可能～」以及「祈願～」三種意思。

乍看之下，這三個意思似乎沒有共通點。那麼為什麼 may 的意思會差異這麼大呢？

這個答案就在詞源裡面。may 源自於拉丁文中、古羅馬的神「Maius」，後來被當作「給予力量」的意思使用。

Maius 是掌管豐收的神，在當時的產業都受到農業影響。因此，豐饒之神是賦予國家和人民力量的存在。在這樣的背景下，may 逐漸發展出「奉帶有力量的 Maius 的名，賦予你力量」的祈願語氣用法。

還有另外一個說法提到 may 來自於日耳曼語的 mæg，代表著「have power」的意思。不論是哪一種解釋，都是與「力量」關聯的意思。

「may」有三種使用方式

讓我們仔細地來看 may 的實際使用方式與思考模式。

第1章
英文的基本結構

第2章
時態

第3章
衍生動詞的文法

第4章
從組合中誕生的文法

第5章
容易混淆的英文文法

① may: 可以～

You **may** come in.（你可以進來。）

　　這種講法稍微帶有高高在上的語氣，這是因為句子中有「賦予人進入的權力」的細微差異。換句話說，這是以神的存在為前提的表達方式。

② may: 可能～

He **may** come here.（他可能會來這裡。）

　　這句話涵蓋「向神拜託的話，可能會來這裡」的含意，是一種意識到「神的存在」的宗教性表達。

③ may: 祈願～

May the force be with you!（願原力與你同在！）

　　這是電影《星際大戰》系列裡知名的台詞。

　　「May, the force be with you.」這句話中，在 May 的地方用逗號做了一個分隔，有人將它解釋成「句首是在呼喚神（豐饒之神）。」

　　如果只是基於詞源（與《星際大戰》的世界觀無關）來進行解釋，這句話的意思就是「神啊！願原力與你同在」。就像這樣，may 的三個意思「可以～」、「可能～」、「祈願～」乍看沒什麼關聯，但其實它們全都表示著「對神的意念」。

　　另外，關於例句 ③ 中的「be」為原形的解釋，除了助

動詞 may 後面要放原形動詞的解釋外，也有「因為是在呼喚神這般絕對的存在」，所以要用原形動詞的解釋。

換句話說，神是從過去到未來都不會改變的絕對存在，因此對神必須使用原形動詞，這種解釋方式也是存在的。

過去式「might」不是「過去」

接下來是 may 的過去式 might。

would 或 could 的第一種使用方式，就是當作「單純的過去式」使用。例如說到 may 應該會有人想到「過去的可能」的用法。

但是 may 的過去式 might 比較特殊，不會當作「單純的過去式」使用，而是「透過下降一階時態來軟化語氣」。

> ### might ~: 可能～
> He **might** come here.（他可能會來這裡。）

過去的記載中曾有當作「過去的可能」的使用紀錄，但隨著漫長歲月流逝，這種用法已經消失。

might 只保留 would 和 could 中「使用過去式緩和語氣」的用法，並用在想要弱化 may 的「可能～」使意思變得更加模糊的情形。

might 的衍生詞也與「力量」有關

may 的過去式 might，也繼承了 may 原本意思中「賦予力量」的含意。

舉例來說，形容詞 mighty 是個比 strong 等更強烈的詞

彙，並且帶有「擁有壓倒性力量」的細微差異。

> The pen is **mightier** than the sword.（筆比劍更強大。）

這段文字指出「資訊比暴力更能影響人」，是一句廣為人知的名言（句子中使用的「比較級」用法，將在後續章節中說明）。

例句中的 mighty，如同「筆具有支配劍的力量」一樣，在這個情況中表示具有壓倒性的力量。

mighty 也與它的詞源 may 一樣，蘊含著「神的力量」的宗教意義。

從 mighty 發展出的單字還有 almighty。這個形容詞是由「all＋mighty」組合而成的，表示「全能的」意思。而 almighty 的一個有趣的用法，是用於描述神的情況下。

過去馬丁・路得・金恩牧師在著名的 I Have a Dream《我有一個夢想》演說中留下以下結語。

> Thank **God Almighty**, we are free at last!
> （感謝全能的上帝，我們終於自由了！）

請注意這句的形容詞 Almighty 是放在名詞 God 的後面。為什麼會是這個順序呢？這是因為人們認為「神（God）是最高的存在，所有的東西都是在神之下的存在，因此形容詞也不可以放在前面」。

就像這樣，揭開圍繞 may 的歷史後，就能感受到英文中其實隱藏龐大的宗教觀。

從字源來理解
「must」和「have to」

 「must」與「have to」的不同之處

　　must 是表示「必須」的助動詞，相同意思的單字還有 have to。向母語者請教這兩個單字的差異時，會發現回答「幾乎一樣」的人占了壓倒性的多數。但是嚴格來說這兩個單字還是有不同的地方，因此在這個章節將針對這兩個單字表達的「微妙」差異做說明。

① must: 必須～

I **must** study more.（我必須多念書）→**主觀的**
We **have to** pay tax.（我必須繳稅）→**客觀的**

　　must 代表「自己認為必須做的事」，而 have to 則表示「不論是誰來看都認為必須做的事」。

　　兩者間的差別是因為 must 的詞源來自古英文「mōtan（以自己的意思認為必須做～）」的過去式「moste」。若寫成「we must pay tax.」，意思會變成「我們（以自己的意思認為）必須納稅」。因此為了區別意思，出現當作替代使用的 have to。而 have 後面的「to＋動詞」，例如「Where to go?（該去哪裡？）」，「to do」這部分本身帶有「應該～」的意思。關於「have to do」要將「have / to do」分開說明，這是因為這個片語具備「有（have）該要做的事（to do）」的隱藏細微差異。

第1章
英文的
基本結構

第2章
時態

第3章
動詞的
衍生
文法

第4章
從組合中
誕生的
文法

第5章
容易混淆的
英文文法

② must: 一定～

He **must** win the game.（他一定會贏得比賽。）

這裡 must 的使用方式，一看就會發現與 ① 的使用方式
「必須～」有很大的不同。不過如果從古英文「moste（被
允許做某事）」的意思去思考，便可以理解到這句話中隱含
「他被（神）允許在比賽中取勝」的細微差異。

隨著時間推移，「被神允許」的細微差異逐漸淡化，到
最後只留下「毫無疑問」的意思。

「must」的否定句注意要點

關於 must 的用法，在寫否定句時有些要留意的事項。

must not ~: 不准～／don't have to ~: 不需要～

【肯定】You **must go** home.（你必須回家。）

【否定】You **don't have to go** home.（你不用回家。）

【禁止】You **must not go** home.／**Do not (Don't) go**
home.（你不准回家。）

must 原本意思是「允許做～」，因此 must not 留下「不
准（不被允許做～）」表示禁止的意思。然而談到現代英語
中 must（必須）的相反詞，最準確的意思是「不必、不需要
做～」，因此如果用 must not 在意義上可能會產生細微差異。

為此在現代英語中表達否定時，一般會使用 have to 的
否定形式「don't have to ~（**客觀地**不需要 → 可以不用做某
事）」，更準確地表達否定含義。

「should」也帶有「宗教觀點」

 「should」以大範圍劃分可以分為兩個意思

前面說明了 may 是「意識到神的助動詞」。被翻譯成「應該」的 should，也是具有相同背景的單字。

① should ~: 應該做～

You **should** read this book.（你應該看這本書。）

大部分的人應該都知道「應該做～」的用法，不過接下來要提到的用法，卻意外很少有人知道。

② should ~: 應該會～

He **should** come to see you.（他應該會來看你。）

如同上述的例句，should 也有「應該會～」的用法，並且比起 ①，should 用在 ② 的情形可能更常見。因此如果不清楚 ② 的用法，就可能會將這個句子翻譯成「他應該要來看你」。

為什麼在學校總是強調 ①，而不是教導日常會話中經常使用的 ② 呢？這是因為傳統的英文教育是以「論文式英文」為基礎所導致的。其他的可能原因還有，比較難說明 ①「應該做～」與 ②「應該會～」意思之間的關聯性等。

其實「should」蘊含宗教含義

為什麼說 should 有兩個意思，這是因為 should 與 may 同樣都是**「意識到神的詞彙」**。should 的詞源來自古英文「sceal（背負／有義務）」。在宗教與生活密不可分的古英文時代，它的用法就如同「（被神）賦予義務」充滿著宗教含義。

換句話說，should 的兩個意思都隱含「被神賦予義務」的細微差異。但是隨著時間流逝，「神所賦予」的意義逐漸弱化，並流傳至現代英文。從這觀點來看 should 就會明白，①「（被神賦予義務，所以）應該做～」與 ②「（被神賦予義務，所以）應該會～」兩者有明確的共通點。

should 是「shall 的委婉表達」

用法 ① 所介紹的「應該做～」，也可以解釋為「是將 shall 改為過去式的委婉表達」。從詞源來看，should 確實是 shall 的過去式，但在現代英文中，並沒有像是「過去應該做～」描述「單純過去」的用法。

在未來式的章節有介紹過，shall「以第一人稱表示強烈的未來意志」和「以第二、三人稱表示命運般的未來」的用法，並且透過將 shall 改為過去式以弱化意思。

You **shall** respect others.（你應當尊重他人）
→ You **should** respect others.（你應該尊重他人）

透過軟化「（命運般）注定、變成」以神為前提的細微差異，變成「應該做～」這種更接近人類視角的表達方式。

「to 不定詞」的用法統整與理解方式

 to 不定詞的「一般」教學方式回顧

　　助動詞後面的動詞必須使用原形動詞，還有一種用法也必須使用原形動詞，那就是「to 不定詞」。

　　to 不定詞的型態是「to＋動詞原形」，例如 to do。在學校中大多會分成「名詞性用法」、「形容詞性用法」、「副詞性用法」來介紹，首先我們來複習不定詞。

①【名詞性用法（～這件事）】→ 變成受詞

I **like** to **play** the guitar.（我**喜歡**彈吉他。）

　　在「**喜歡**彈吉他**這件事**」這個用法中，使用了 to 不定詞的「to play」當作 like（喜歡）的對象。就像這樣，不定詞當作名詞「～這件事」來使用，因此這個用法就稱為名詞性用法。

②【形容詞性用法】→ 說明名詞

He wants **some water** to **drink**.（他想要喝**點水**。）

　　在「他想要**用來喝的水**」這個句子中，「to drink」用來修飾名詞 water。修飾名詞是形容詞的工作，因此這個用法稱為形容詞性用法。

第1章
英文的基本結構

第2章
時態

第3章
衍生動詞的文法

第4章
從組合中誕生的文法

第5章
容易混淆的英文文法

③【副詞性用法】→ 說明述詞

He **came to say** good-bye to us.（他**來**跟我們**說**再見。）

　　副詞性用法是形容詞性用法的述詞翻版。這個句子中「為了**道別而來**」的「to say」用來修飾述詞 came（來）。以上就是傳統的英語教學中，對「to 不定詞的一般解釋方法」。

 真正的細微差異是「對於（朝向）～這件事」

　　其實只要知道 to 不定詞的隱藏細微差異，就能統整全部的用法並徹底理解。就讓我們從 to 不定詞本身的細微差異，來重新審視這些用法。在學校課程中，多半是區分「to 不定詞的 to」與 go to 等一般介系詞的用法，並當作**例外的用法**來教學。不過在調查英文的歷史後，就會發現其實在古英文時期都是像一般介系詞那樣使用。古英文時期「to＋動詞原形」是以下列的形式存在。

〈古英文〉　to　＋　動詞原形
（介系詞）對於～　　（名詞）～這件事
　　　　　朝向～

　　當時的 to 並不唸做 [tu]，而是發 [to] 的音。與現代的「對於／朝向～」是相同的意思。

　　另外「動詞原形」如同之前說明的內容，以原形作為表示「～這件事」的名詞使用。換句話說，原本的 to 不定詞也可以說成是「to＋動詞名詞形」。因此 to 不定詞「**對於～／朝向～**」，最初的型態就是「介系詞＋名詞」。

只使用「對於～／朝向～」這個意思，就能解釋所有用法！

現在，讓我們根據 to 不定詞在古英文中原本的意思「對於／朝向～」，來看看之前提到的三種用法。

①【名詞用法（to do）】→ 對於～

I **like to play** the guitar.

（我對於彈吉他這件事，**抱有喜歡的感覺**。）

這是貼近原本的意思並能做出解釋的用法。這裡的 to 表示「like（喜歡）這個動詞朝向 play 的方向移動」，是「表示方向介系詞的 to」。

②【形容詞性用法】→ 說明名詞

He wants **some water** to drink.（他想要喝**點水**）

這個句子是「wants（想要）一些水（some water）朝向 drink（喝）這個未來動作」的意思。雖然這個解釋比較難懂，但是「朝向喝這件事」可以用古英文「to＋動詞原形」的細微差異來理解。

③【副詞性用法】→ 說明述詞

He **came to say** good-bye to us.（他**來**跟我們說再見。）

這個用法也是相同的，可以理解成「前來（came）走向說再見（say good-bye）這個行動」。

就像這樣，只要記住 to 不定詞**本身有「對於～／朝向～」的意思，就可以統整這三種用法進而理解。

例句 ②、③ 的「to＋動詞原形」，**帶有表示未來的細微差異**。英文的報章雜誌標題中有一個隱形規則，那就是即使是前幾天剛發生的事，也會以現在式來撰寫。相反地，如果是稍微遠一點的未來，則會使用以下的 to 不定詞。

U.S. President **to visit Japan**.
（美國總統〔預計〕拜訪日本。）

除了 to 不定詞本身的意思外，**值得記住的是它隱含了「遠一點的未來行動」的細微差異**。

 為什麼叫做「不定詞」呢？

不定詞是文法書中一定會出現的重要用法，卻很少人知道這個名稱的由來。在這裡會針對名稱的由來進行解說。

I go to the station **to see** my friend.
（我去車站見我朋友。）
He goes to the station **to see** his friend.
（他去車站見他的朋友。）

述詞的 go 會根據主詞變換型態，例如「第三人稱單數的 goes」。

另一方面，「to see」不論主詞是第一人稱還是第三人稱都使用 to see 來表示，並不會因為主詞不同而有變動。換句話說，**「不定詞」這個名稱是從「不會因為主詞不同，而有對應型態（改變型態）」而命名的**。

「be to 句型」
嚴格來說不應該翻譯

 經常用錯的「be to 文法」使用方式

在學校的課程中，理解完 to 不定詞的使用方式後，就會教導「be to 句型」。

主詞＋be 動詞＋to＋動詞原形

She **is to study** Spanish on this afternoon.

（今天下午她必須學西班牙語。）

一般而言，學校會教以下的內容，「is to 作為助動詞的功能，可以用來表示 will（預定、意志）、can（可能）、must（義務）、should（命運）這五種意思。」

以這樣的方式學習後，在考試中馬上就可以看到這種問題：「這裡使用的 is to 是下列哪一種用法？」

然而大家絕對不能這樣學習，這是因為「be to 句型」是英文文法中最隨興的文法。

傳統的英語教育著重在測驗上，因此容易有追求「一個正確答案」的傾向。不過語言本就是溝通的工具，正確答案通常不會只限一個。

尤其是 be to 句型，等到我們揭開這個文法形成的歷史後，就會發現這是一個相當隨興的文法。

第1章
基本英文的結構

第2章
時態

第3章
衍生動詞的文法

第4章
從組合中誕生的文法

第5章
容易混淆的英文文法

 ## 因諾曼人而誕生的「be to 句型」

be to 句型的誕生，可以追溯回 1066 年諾曼第征服英格蘭的時候。如同前面所述，法國北部的諾曼第地方君主征服了不列顛島的南部區域，並控制當時的英國人。

通常戰爭中戰敗者在戰勝者的支配下，連自己所使用的語言也會受到對方所支配。但是由於諾曼人所使用的古法文非常複雜，因此幾乎沒有在英國普及。

持續保持這樣的狀態會造成統治上的困難，因此備感困擾的諾曼人只好學習文法簡單的古英文，並且混和古英文與古法文來進行統治。這就是古英文與古法文交織後，中古英文誕生的源由，與此同時一起誕生的還有這個 be to 句型。

身為支配者的諾曼人並沒有認真想學習被支配者所使用的古英文，最明顯能夠反映出這個態度的，就是 be going to（will）、be able to（can）、be supposed to（shall）這些「be ~ to ＋動詞」的片語。諾曼人認為 going、able、supposed 這些單字的使用方式很麻煩，因而想出了省略中間單字的方法。**將 be going to、be able to、be supposed to 的中間表達省略，統一成「be to ＋動詞」。**

換句話說，**be to 句型是因為諾曼人的怠惰而產生的。因此在 be to 文法中，混和 going、able、supposed 等意思。**

這是一種在現代英文的日常對話中很少會出現的古老表達，不過人們以另一種形式來模糊五種用法的含義，並當作混合細微差異的句子來使用。

be to 句型是絕對不能以「哪種用法是對的？」來限定，而是「以細微差異來解讀」才是正確的。

把動詞當作形容詞使用的「分詞」

「想作為形容詞使用的動詞」就是分詞

to 不定詞的章節中，我們介紹「to＋動詞原形」的名詞、形容詞、副詞的使用方法，接下來要介紹類似用法的**分詞**。

分詞分為「**現在分詞**」與「**過去分詞**」兩種類型。從結論來說，「**分詞是將動詞當作形容詞使用的文法**」。

「分詞」這名字來自於「將形容詞的意思**分**給動詞的**詞彙**」。是個很難懂的名字吧！我自己覺得將它稱為「動形容詞」可能還比較好懂。

現在分詞的型態統一為「動詞 ing」，不過過去分詞則有「動詞＋ed」的規則動詞以及不規則動詞。關於為什麼會分為規則動詞與不規則動詞的理由，在過去式的章節中已經說明過。原本的單字都是不規則動詞，但後來進行簡化改成加 -ed。而其中已經廣為使用而無法變更的單字，就會保留不規則變化。

為什麼「現在分詞（present participle）」與「過去分詞（past participle）」會叫這個名稱，這個由來如下所述。

現在分詞因為帶有「正在～／～的同時～」與「那個瞬間在做什麼」的意思，而被稱為這個名字。

另一方面，過去分詞則帶有「被～」的過去語意細微差

異，因此對比現在分詞硬是勉強稱為過去分詞。這兩者的名稱，在文法上並不是很重要。

第1章
基本的
英文的
結構

第2章
時態

第3章
衍生詞的
動詞文法

第4章
誕生的
從組合中
文法

第5章
英文文法
容易混淆的

 ## 分詞各有四種用法

讓我們來看分詞究竟會使用於哪些情況。

現在分詞

形容詞用法　　敘述用法　　進行式　　分詞構句

過去分詞

形容詞用法　　敘述用法　　被動態　　完成式

如同上述所示，分詞各有四種用法。這一章將針對「形容詞用法」與「敘述用法」來做說明。「進行式」與「完成式」在時態的章節中已經說明過了。「被動語態」將於第四章，「分詞構句」將於第五章個別解說。

 ## 使用分詞修飾名詞

我們來看分詞當作形容詞使用的「形容詞用法」。在形容詞用法中，現在分詞與過去分詞的使用方式如下。

現在分詞

Do you know the **crying girl**?
（你知道那個正在哭泣的**女孩**嗎？）

Do you know the **girl crying on the bench**?
（你知道那個**在長椅上**哭泣的**女孩**嗎？）

Look at the **broken window**.（看那扇**破掉的窗戶**。）
Look at the **window broken by him**.
（看那扇**被他打破的窗戶**。）

現在分詞的動詞 ing 用於表示「做～／正在～／～的同時～」的意思，並且修飾「**正在哭泣的女孩**」中的名詞 girl。過去分詞也是相同的，作為表示「被～」的意思，並且修飾「**破掉的窗戶**」中的名詞 window。

放在名詞前面呢？還是名詞後面？

分詞在使用上應注意「要放在名詞前面還是後面」的問題。在剛剛的例句中，基本上如果分詞是直接修飾名詞，會放在名詞的前面。

Do you know the **crying girl**?
Look at the **broken window**.

相反地，修飾名詞的如果是形容詞詞組（單字的集合），則要放在名詞的後面。

Do you know the **girl crying on the bench**?
Look at the **window broken by him**.

關於使用區分的感覺，可以試著將句子切成「詞組」，「當超過兩個詞組時，就放在名詞後面」，這樣會比較容易理解。

圖3-3 兩個以上的詞組，會把分詞放在名詞後面

現在分詞

Do you know the crying **girl?**

Do you know the girl crying **on the bench?**

過去分詞

Look at the broken **window.**

Look at the window broken **by him.**

關於詞組，可以使用在詞尾加上「對吧」的方法來做判斷。

分詞放在名詞前的類型

(the) crying **(girl)**（正在哭泣「對吧」）→ **一個詞組**

(the) broken **(window)**（破掉了「對吧」）→ **一個詞組**

分詞放在名詞後的類型

(the girl) crying **on the bench**

（在長椅上「對吧」／正在哭泣「對吧」）→ **兩個詞組**

(the window) broken **by him**

（是他「對吧」／打破了「對吧」）→ **兩個詞組**

對於那些覺得詞組不是很容易了解的人，還有一個記憶的訣竅，那就是「**如果有兩個以上與分詞一起使用的單字，就放在名詞後面**」。

當以分詞修飾的詞彙是兩個以上的詞組時，基本上需要由兩個以上的單字組成，因此從結果來看可以得到相同的效果。在實際使用的情境中，不論哪種方式都正確並且結果相同，因此選擇自己容易記住的方式並使用看看吧！

在講完形容詞用法之後，我們接下來要介紹敘述用法。敘述用法是述說 be 動詞的「性質」、「狀態」的形容詞。

> ① The movie **was** so **boring** to me.
> （那部電影對我來説太無聊。）
> ② I **was** so **bored** when I saw the movie.
> （當我看那部電影時，我覺得很無聊。）

在上面的例句， bore 是「使厭煩～」的意思，當作分詞使用時，會根據句子不同，產生出「要使用現在分詞還是過去分詞」的問題。使用要點如以下兩點：

> ①現在分詞…不變的「性質」
> ②過去分詞…暫時的「狀態」

從例句 ① 的情境「那部電影」「很無聊」可以得知，這其中包含了「未來應該也不會改變」的細微差異。就算一個禮拜後、一年後再看應該都會覺得無聊。換句話說，「那部電影很無聊」是在敘述那部電影的性質。

另一方面，例句 ② 的情境「看到那部電影時，我覺得無聊」，是在敘述暫時的狀態。一週後和朋友再看一次也許就會覺得有趣，因此「那個時候覺得無聊」這個句子可以說是在敘述那個時間點的狀態。

interesting 或 interested 在國中教育大多會當作形容詞來教學，不過從分詞的角度來看，就可以知道這兩個單字是動詞 interest 形容詞化的產物。

「動名詞」和「to 不定詞」的使用區分方法

 「to 不定詞」與「動名詞」當作相同意思使用的情形

　　接下來我們要介紹與現在分詞相同，「動詞＋ing」形式的「動名詞」。

　　動名詞跟它的名字一樣就是「**當作名詞使用的動詞**」，並用來表示「**做～事**」。前面提到分詞會當作形容詞使用，因此將它視為「動形容詞」會更容易理解。「當作名詞使用的動詞」也會在 to 不定詞中登場。在下列的許多情境中，to 不定詞與動名詞可以作為相同的意思使用。

I love to swim.＝I love swimming.（我**喜歡**游泳這件事。）
★like（**喜歡～**）、love（**喜愛～**）、hate（**恨～**）、start（**開始～**）、begin（**開始～**）、continue（**繼續～**）等

　　如同上述例子，在大多數的情形中，不管是不定詞還是動名詞都代表相同的意思「**做～這件事**」。然而要留意的是，有些動詞如果不加以區分使用，它的意思會產生變化。

 只能使用 to 不定詞的動詞，帶有「未來」的細微差異

　　動詞中，有些只使用 to 不定詞而不使用動名詞。因此要特別注意這種情況，和動名詞混合使用就會出現錯誤。

★hope to（希望～）、promise to（保證～）、decide to（決定～）、choose to（選擇～）、plan to（計畫～）、agree to（同意～）、expect to（期待～）等

─────────────────────────

○ I **decided** to go to America.（我**決定**去美國。）
✕ I **decided** going to America.

　　請回想 to 不定詞帶有「朝向～某事」的**未來隱藏細微差異**。為了帶出這個隱藏細微差異，就必須與動名詞區別。**敘述未來或不確定是否會發生的事，要使用 to 不定詞。**

 只能使用動名詞的動詞，帶有「過去」的細微差異

　　相反地，也存在著只使用動名詞的動詞。

只能使用動名詞的動詞

★enjoy ~ing（享受～）、finish ~ing（結束～）、mind ~ing（在意～）、give up ~ing（放棄～）、practice ~ing（練習～）、put off ~ing（延期～）、dislike ~ing（討厭～）等

─────────────────────────

○ I **enjoyed** listening to music.（我**喜歡**聽音樂。）
✕ I **enjoyed** to listen to music.

　　to 不定詞用於「未來或不確定是否會發生的事」。動名詞則是在「確定會發生／已經發生的情況」的前提下使用。

例如 enjoy 這個動詞，「還沒發生」的話就無法享受。

其他還有 finish 以「全部結束」為前提的動詞，mind 則表示「在意確定會發生」的事。like 使用不定詞或動名詞皆可，但是反義詞的「討厭」就不能使用動名詞。

這樣一來，在 to 不定式的情況下，要使用「不確定會發生的動詞」，而在動名詞的情況下，要使用「確定會發生的動詞」。

以「未來」和「過去」區分的動詞

最需要注意的就是使用 to 不定詞和動名詞兩者後，意思會改變的動詞。這些動詞也經常出現在高中考試中，然而只要掌握 to 不定詞和動名詞的使用區別，就能簡單上手。

① remember（記得）／forget（忘記）

I **remember to call** her.（我記得要打電話給她。）〔**未來**〕
I **remember** calling her.（我記得我有打給她。）〔**過去**〕

I **forgot to lock** the door.（我忘了要鎖門。）〔**未來**〕
I **forgot** locking the door.（我忘了我鎖門了。）〔**過去**〕

to 不定詞表示「不確定的未來」，動名詞則表示「確定的未來」。在這兩者的差異基礎上，我們再次來思考一下。

to 不定詞指的是未來的事，因此代表「記得」或「忘記」「要做的事」的意思。換言之，以 remember 為例，使用 to 不定詞的「remember to ~」中，帶有「我還記得（接下來要做的事）」的未來細微差異。

另一方面，使用動名詞的「remember ~ ing」，由於是以已經發生的情形為前提，因此表達「記得（**已經做過某事**）」的意思。使用 forgot 時，也可以用相同的方式來思考。

　　使用 to 不定詞的「forget to ~」，傳達著「忘記（**接下來要做的事**）」的未來情況。

　　相反地，使用動名詞的「forget ~ing」，則表示「忘記（曾經做過的事情）」，強調過去發生的情況。還有一個需要注意的動詞是 stop。用相同的思考方式區分不定詞與動名詞的用法，會發現它的差異有巨大的變化。

② stop to ~: 為了做某事而停止／stop ~ing: 停止做某事

I stopped **to smoke**.（我**停下來吸菸**。）

I stopped **smoking**.（我**戒掉**吸菸了。）

　　stop ~ ing 的情況也相同，動名詞代表「已經做過的事」，並且傳達「停止（已經在進行的活動）」的意思。這邊的例子就是「停止（已經養成習慣的）吸菸這件事（戒菸）」。

　　而 to 不定詞代表「接下來要做的事」的未來細微差異，同時傳達「（接下來）朝著某動作前進，並且停下」的意思。stop 本身就代表著「停止」，因此衍生出「為了做某事，立刻停下」的含義。

　　乍看之下，動名詞和 to 不定詞的使用區分似乎很難辨別，但理解完這之中的隱藏細微差異後，就不再需要各別記住每個單字的用法。

第4章

從組合中誕生的文法

理解文法「樣貌」的形成原因

　　第四章會介紹「比較級」、「被動語態」、「使役動詞」、「關係代名詞」、「關係副詞」等「結構文法」。

　　第四章所涵蓋的內容，主要是那些在學生時期習慣只靠死記公式，而缺乏對文法本身進行理解的文法。

　　首先關於第一個文法：「比較級」，在學校課堂中一直強調「結構」說明及死背用法。然而如果理解它「誕生的祕密」，就能立刻融會貫通。

　　接下來登場的是「被動語態」，學校在教導「被動語態」時，通常只會讓學生練習將「主動語態 ⟷ 被動語態」進行轉換。然而一旦了解被動語態的「誕生祕密」，就能夠正確並熟練地運用。

　　關於「使役動詞」，在學校也是一直強調死背公式，不過這個動詞在使用上其實有非常微妙的細微差異。

　　在學習「關係詞」時，必須要按照「關係代名詞」⟹「關係副詞」的順序學習。

　　很多人覺得「關係代名詞」與「關係副詞」是完全不同的東西，不過其實「關係代名詞」的應用就是「關係副詞」。因此如果不理解「關係代名詞」，是不可能會了解「關係副詞」的。

　　接下來，就讓我們來看「從組合中誕生的文法」吧！

圖 4-1 第 4 章【從組合中誕生的文法】示意圖

進行比較時使用的文法

28 比較級

書寫被動句時使用的文法

29 被動語態

讓／請對方做某事時使用的文法

30 使役動詞

將兩個句子統整成一句時使用的文法

31 關係代名詞

關係代名詞作為副詞使用的文法

32 關係副詞

「比較句」 就是簡單「直譯」！

⚙ 等於型態的「同等比較」

到目前為止的章節像是：時態感覺、細微差異等，幾乎都是靠感覺來判斷的文法。

然而第四章中幾乎沒有感覺的要素，相對地我們會針對以結構來理解的文法進行解說，例如：句子構成及組合等。

在這裡最重要的也是**不仰賴「背誦公式」**。

截至目前我們提到很多次，學校裡所教的「公式」幾乎都是「翻譯的示例」。因此將英文翻譯成自己的母語時，雖然勉強能夠理解它的意思，但將母語翻譯成英文時，卻往往無法造出正確的句子。接下來，首先我們要來看「同等比較」這個文法。

⚙ 等於型態的「同等比較」結構

同等比較就是「A 跟 B 一樣～。」的表達。

A be as ~ as B: A 跟 B 一樣～。

He is as tall as I (am {tall}). （他跟我一樣高。）
　　　　　　　　(so)　　　me.

這個句子本身在國中的英文課出現過，在 as 與 as 之間，加上形容詞或副詞，接著再加上 I 或 me。

第1章
英文的
基本
結構

第2章
時
態

第3章
衍動
生詞
文的
法

第4章
從組
誕合
生的
的文
法

第5章
英容
文易
文混
法的
淆

這時相信應該會有人產生「I 跟 me 究竟哪一個正確？」的疑問吧！然而答案就是，兩個都是正確的。

嚴格來說，I 會更貼近原本的表達形式。在同等比較的句子，原本的形式使用 He 或 I 等的主格來形成等於關係。

```
A           =        B
He is   as tall   as   I am tall.
（他    一樣高   跟～比較   我很高。）
```

因此就如同上述的例句所示，「as tall as」原本是將「He is」和「I am tall」與「相同身高的觀點下」連接起來的句子。

在文法中，最初的 as 代表「相同」的意思，不過第二個 as 之後，因為「加上了主詞和述詞（I am tall）」，因此作為連接詞使用。另一方面，「He is as tall as me.」的情形，「me」是代名詞，因此「as」是介系詞。

同等比較的句子中，會透過兩個 as 將「He is tall」和「I am tall」形成對等關係。

一般在實際會話中，會使用「He is as tall as I.」省略「am tall」。英文有簡化的特徵，並且為了避免出現重複的表達，才有這種變化。

其他像是將第一個 as 改成 so，變為「He is so tall as I.」，則會傳達出強調形容詞 tall 的細微差異。

⚙ 比較級直接直譯比較好！

以比較級來說，將英文原文進行翻譯時，比起意譯，用直譯會比較簡單。

事實上英文文法中比較級是細分得最仔細的文法，因此若要試圖囊括所有內容，數量將比其他文法都多得多。

此外，像同等比較這樣的結構，每個單字的角色都被嚴格規範，這也是其中重要的特徵。

比較級由於文法的類型較多，因此乍看之下會覺得很複雜。不過如果將每個單字直接翻譯，就會發現這個句子竟然比自己想像得更容易翻譯出來。

因此在構造文法中，要仔細確認每個單字的作用。如此一來就能夠理解文法真正的形式，這是透過背公式無法達到的，並且在寫作和口說方面也會顯著的提升。

⚙ 「同等比較」的否定句

首先，同等比較需要注意像下列例句的否定句形式。

>   (so)
> He is **not as tall** as I (am tall).（他跟我不一樣高。）

翻譯時一般都會直接的翻譯成「他跟我不一樣高」。

但實際上當母語者聽到這句話時，會捕捉到「他跟我不一樣高（＝他比較矮）」的細微差異。

tall 這個單字的意思是「高」，因此否定就會是「他不高」的意思。

在這裡的焦點是「（和我比較）身高高不高」，因此就變成了「（和我比較）身高不高 → 我比較高」的意思。

翻譯比較時，訣竅就是直接翻譯。不過說到底，還是要根據英文句子的結構進行直譯。

中英文的形容詞不一會是完全等於的關係，因此也必須根據形容詞的細微差異進行調整再翻譯出來。

「優劣比較（A 比 B～）」的真正結構

同等比較之後，接下來我們來看「優劣比較」的句子。優劣比較就是「A 比 B～」形式的比較。

同等比較使用未變化的形容詞「原級」，然而優劣比較則使用「**比較級**」，**在形容詞字尾加上「er」，或是在形容詞前面加上「more」的型態變化**。使用方式如以下例句。我們先來看字尾加上「er」的類型。

A be ~ (+ er) than B: A 比 B～。

He is **taller than** I (am tall).（他比我高。）

使用方式如例句，「be＋形容詞比較級＋than」之後再加上比較對象 B。

學校課程中經常會教「than: 更～」，不過其實 than 作為「**與～同等並列後**」的意思使用。

```
He is    taller    than         I.
他       更        與～同等並列後
→「他與我同等並列後，身高更高。」
```

在原本的句子中，「than 代表與～同等並列後」的意思，「更～」的意思則是以形容詞比較級「taller」來擔任。

換句話說，上述例句的真正意思及句子結構是「他與我進行同等比較後，身高比我更高」。

英文是個講求簡化的語言，因此如果「than＝更～」，就不需要「taller」的「er」了。

那麼，為什麼要特別在形容詞加上 er 或 more？這個原因就是「than 不是更～的意思」。

如果能清楚理解比較級的結構，即使面對複雜的優劣比較句子，也能漂亮地翻譯。此外自己在寫句子時，也能不感到猶豫地寫出完整的句子。

像這樣講解後，依然會聽到有人問「不過字典上寫著 than＝更～」的疑問。沒有錯！查字典確實會看到「than＝更～」的內容。

會這樣解釋是因為，「字典算是翻譯的指導手冊，但不是文法書」。

然而在實際的口譯及翻譯場合中，經常會出現許多字典裡沒有的文法使用方式，或是必須解釋單字的情況。因此請將英文字典當成「大概是這樣的翻譯內容」來參考。

⚙ more 的情形「優劣比較（A 比 B～）」的真正結構

接下來，我們一起來思考，「形容詞前加上 more」的比較類型。

比較級分為像是「taller」在字尾加上「er」的類型，以及像是「more interesting」在單字前加上「more」的單字。

關於「er」與「more」類型的區分方式，相信有不少人有學過「三個音節以上的單字要加上 more」，例如「interesting」。

的確，幾乎所有三個音節以上的單字都會加 more，因此按照這樣的想法，出錯率不會太高。

不過也要特別留意，兩個音節的單字有部分也會使用 more，如「more selfish」。

使用 more 的其中一個條件，是動詞分詞化的單字，如 interesting 或 interested 等。

此外還有一些特殊的後綴（suffix，附加於單字字尾的字元），像是 selfish 或 boyish 等，也會使用 more。如果要正確使用，建議可以逐一確認各個詞彙的情況。

只要多注意使用 more 的單字，其他比較句的基本結構都是相同的。

This book **is more interesting than** that one.

【直譯】這本書**與那本書同等比較後更加有趣**。

【意譯】這本書比那本書更有趣。

在這裡的 than 也是「與～同等比較」的意思，more interesting 則是「更有趣」的意思。

以這個結構為基礎直譯句子後，就會變成「這本書與那本書同等比較後更加有趣」。轉成意譯就變成了「這本書比那本書更有趣。」

優劣比較的句子只要掌握「形容詞比較級＝更～」，以及「than＝與～同等比較」的意思，之後就算直接翻譯，也會形成意思通順的句子。

如果只是靠死記硬背公式來克服困難，很容易混淆其中的優劣關係。

首先應該回到「結構的直譯」，冷靜地拆解結構，這樣一來就能更輕鬆地進行翻譯和作文。

在優劣比較中，有一種特殊例子稱為「拉丁比較」，是中古英文時期的單字以原始形式保留的用法。

大家聽到「中古英文時期的英文」可能會擔心「是不是很難？」，但其實它們都是一些生活常見的表達。

一般的比較級，規則是在「形容詞字尾加上 er」。

然而**拉丁比較的特徵是字尾為「or」**，這是從拉丁語言的比較級「or」型態演變而來的，並且使用 to 來代替 than 也是過去遺留下來的其中一項特點。

關於使用 to 的理由眾說紛紜，當中最為有力的解釋為：這是從拉丁語言演變而來的。

圖4-2 保留至今的中古英文時期表達「拉丁比較」		
現代英文的比較句		**拉丁比較** 中古英文時期的單字以原始形式保留下來的特殊表達
形容詞字尾加上 er		形容詞字尾加上 or
介系詞使用 than		介系詞使用 to
be younger than **be older than**	比～年輕 比～年長	**be junior** to **be senior** to
be better than **be worse than**	比～更好 比～更差	**be superior** to **be inferior** to
before **after**	比～更前面 比～更後面	**prior** to **posterior** to

第1章
英文的
基本結構

第2章
時態

第3章
衍生動詞的文法

第4章
從組合中誕生的文法

第5章
容易混淆的英文文法

　　拉丁語言的比較介系詞「quam」有「比～更／並且」這兩種意思。為了置換「並且」這個意思，從許多的介系詞中選出了 to，就是這個用法的起源，並且這個用法仍然沿用到現在。

　　另一種解釋是將「to」當作「對於～」的意思來使用。

　　即使不使用拉丁比較，也能使用現代英文呈現相同意思的優劣比較。然而為什麼要特地使用拉丁比較？這是因為**拉丁比較被認為是「起源較正統、而且表達更具份量的代表」**。

　　從中古英文時期誕生以來，拉丁比較幾乎沒有改變並持續至今。因此，因人而異、也有人會覺得這是「較為過時的表達」。

　　然而如果刻意以翻譯來區別，就如同「better：更好」與「superior：優秀」、「worse：更差」與「inferior：低等」等的單字，雖然是相同的意思，但卻給人較正式的印象。

　　而在 prior to 這個詞組的情境中，我們經常會看到在機場會使用「prior to check-in」替代「before check-in」（在辦理登機手續之前）。

　　此外關於 posterior，偶爾會在合約或學術論文中看到。舉個身邊會看到的例子，例如「post-pandemic（後疫情時代）」中所使用「後～」的前綴「post」，就是來自 posterior 這個單字。

　　就像這樣，在商務或法律、學術論文等正式的文章中，偶爾會看到拉丁比較的表達。

　　雖然還有其他拉丁比較的單字，但基本上除了這邊所列舉的六個單字外，其他的都不常見。

「被動語態」是用來「逃避責任」的文法！？

被動語態「be＋過去分詞」是什麼東西？

接下來來看「被動語態」。被動語態是在國中學習的文法，正式會這樣教下列這個公式：

被動語態　be＋過去分詞：被～

關於被動語態的造句方法，大家是否學過如下列的圖表一樣「將主動語態替換成被動語態」的公式呢？

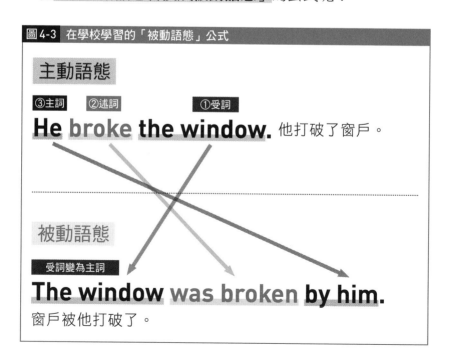

圖4-3　在學校學習的「被動語態」公式

主動語態

③主詞　②述詞　　　①受詞

He broke the window. 他打破了窗戶。

被動語態

受詞變為主詞

The window was broken by him.

窗戶被他打破了。

將主動語態的句子順序改為 ①～③，就能機械式地完成被動語態的句子。

為什麼需要被動語態？

被動語態是在國中學習的英文文法，因此我在大學等場合講課的時候，幾乎所有人都知道「改變排列組合的方法」，然而卻幾乎沒有學生知道「被動語態的本質」。

在本書中，已經多次反覆提到「**英文到現代仍一直持續簡化**」。

英文受到各種外語的影響，多次面臨著文法變複雜的危機。直到今日，每當發生這種情形時，英文就會不斷進行簡化，藉此排除無用的文法。然而在英文「簡略文化」的背景下，卻逐漸浮出「**為什麼我們需要特別將主動語態改成被動語態呢？**」這個巨大的謎團。

「He broke the window.（他打破了窗戶）」這個句子，為什麼要特意寫成「The window was broken by him.（他打破了窗戶）」這樣迂迴繞來繞去的被動表達呢？「He broke the window.」這句話既單純又能向對方表達出意思。相對地，被動語態乍看之下卻是違背了「英語的簡化」這個原則。

被動語態是為了「逃避責任」的文法！

被動語態到今日仍被使用的理由，就是「**為了逃避責任**」。讓我們再次比較主動語態與被動語態。

〈**主動語態**〉He broke the window.
〈**被動語態**〉The window was broken by him.

第1章 英文的基本結構 第2章 時態 第3章 衍生動詞的文法 第4章 從組合中誕生的文法 第5章 容易混淆的英文文法

187

再重述一次，英文的一個原則是「**把重要的資訊放在最前面**」。按照這個原則來看主動語態的句子，主詞「He」是最強調並且最重要的資訊。

相反地，被動語態的句子結構「The window was broken by him.」，則是強調主動語態的受詞「The window」。

為什麼需要「替換主角」呢？這因為在心理上「**想透過將主動語態的受詞當作主角，藉此模糊原來的主詞**」。換句話說，被動語態就是「**不想強調原主詞的句子**」。

這究竟是怎麼一回事呢？應該有不少人會腦筋突然轉不過來。

通常在英文會話中，當「沒有原主詞的 by him」時，一般會使用被動語態來表達。

例如想模糊、隱瞞破壞的人物時，會以「The window」作為主詞來隱藏原主詞，例如：

The window was broken.（窗戶破了。）

上述的這個句子省略「by him」，就可以模糊做動作的人。

這個句子在不清楚破壞的原因時，也可以使用。就像這樣，用於「**不清楚做動作的人，以及想模糊他的存在時**」，就是被動語態原本的使用方式。

使用「by him」的被動語態句子，雖然文法上沒有錯，但在實際場合中，只運用於特定情形。

對於母語者來說，如果很清楚做動作的人是誰，基本上使用主動語態是較自然的表達。

使用「by ～」的情形

第1章
英文的
基本結構

第2章
時態

第3章
動詞的
衍生文法

第4章
從組合中
誕生的
文法

第5章
英文文法
容易混淆的

那麼讓我們來思考在什麼情形下會使用「by～」。

想刻意傳達做動作的人的時候

My cat **was named** Ume **by me**.（我的貓**被我**命名成小梅。）

在這個句子中的主角是「我的貓」。但是如果加上「by me」，就會增加了「由我命名」的細微差異。

雖然說基本上不會使用「by～」，但是如果想刻意說，也能使用這種用法。下列是類似的句子，但在接下來的情況下幾乎不會使用「by～」。

不特定的多數是做動作的人的時候

My cat is called Ume ~~by me~~.（我的貓叫做小梅）

如果在這個句子中加上「by me」，句子的細微差異就會不成立。

「my cat was named Ume by me.」中，命名者被限定為一人，因此「by me」可以用來**限制做動作的人**。不過「貓叫做小梅」這個行為，只要是知道名字的人不論是誰都能做，因此在這裡加上「by me」來限制會顯得非常不自然。果然不能只機械式地使用死記的公式，最重要的還是要了解基本結構再使用。

被動語態的基本結構，到這邊就結束了。雖然乍看之下很難，但其實文法的原理非常單純。只要理解這個文法架構，就幾乎能造句幾乎所有被動語態的句子。

看似困難的「使役動詞」，結構都是一樣的！

 「使役動詞」的使用區分

表示「使〜」的「使役動詞」，只要理解 make、have、let 三種類型的使用區分，就能輕易上手。這三個單字共通的部分，就是以下句子的結構。

使役動詞

主詞＋使役動詞＋受詞＋**原形不定詞（動詞原形）**

以固定型態使用「誰（主詞）、對象（受詞）、使他做什麼（原形不定詞）」。原形不定詞指的是「不伴隨 to 的不定詞」，並且不管使用哪個使役動詞，都不會產生變化。明確來說，就是「動詞原形」。關於動詞原形，請先記住動詞最初是被當作名詞「做〜事」的概念來使用。

使役動詞「make：讓〜」

我們首先來看 make 的使用情境。

---

① make:（強制性地）讓〜

I **made** my little brother **wash** my car.
（我讓我弟弟**洗**我的車。）

第1章
英文的
基本結構

第2章
時態

第3章
衍生動詞的文法

第4章
從組合中誕生的文法

第5章
容易混淆的英文文法

在古英文中，動詞原形代表「做～事」的意思，因此這個句子真正的含意是「我**讓**弟弟**去做洗**我的車**這件事**」。

這個情境中的 make 表示「（強制地）讓～做某件事」，帶有些許兇狠的語氣。

使役動詞從古英文時期便開始使用。因此原本使用動詞原形「做～事」的用法，就一直沿用至今。

這種不定詞經常被教導成「省略 to 的型態」，然而它的出發點卻不同於 to 不定詞。

② have: 讓～（幫忙）

I **had** my mother **make** my box lunch.
（我讓媽媽給我**做**便當。）

這個句子的結構與 ① 相同，不過在語意細微差異上比 make 更加緩和，有「讓～（幫忙）」的意思。

雖然偶爾會表示一般的意思「讓～」，但基本上會用來表達「使他幫忙」的細微差異。

③ let: 讓～（允許）

I **let** my daughter **go** to the concert.
（我讓我女兒**去**音樂會。）

let 的「讓～（允許）」帶有給予許可意思的細微差異。

就像這樣，使役動詞的句子都能運用相同的結構。只要掌握各個單字的細微差異，就能熟練地使用。

精通「關係代名詞」的五個步驟！

為什麼需要「關係代名詞」？

關係代名詞一般出現在國三的英文課程中。這個文法似乎困擾著許多的學習者，經常可以聽到「它的使用方式太複雜」、「句子太長，不知道怎麼翻譯」的聲音。

說到底為什麼英文需要關係代名詞這麼難的文法呢？首先讓我們回顧關係代名詞究竟是什麼，以下有兩個句子。

【句子 1】**The lady** will come here soon.
（那位女士很快就會來這裡。）
【句子 2】I met **her** yesterday.（我昨天遇到她。）

這兩個句子可以透過使用關係代名詞來連接成一個句子，如下列所示。

使用關係代名詞的句子

The lady whom I met yesterday **will come here soon**.
（我昨天遇到的那位**女士**，**很快就會來這裡**。）

這個句子使用關係代名詞 whom 插入到【句子 1】與【句子 2】之間，如此一來就可以將兩個單獨的句子統整成了一個句子。

換句話說，關係代名詞就像是【句子 1】與【句子 2】之間的黏著劑。

如果像「我昨天遇到她」「那名女士馬上就會來這裡」這樣說話，就會顯得很多餘。

因此透過關係代名詞這樣的黏著劑將句子整合，便能清楚俐落地傳達出「我昨天遇到的那名女士馬上就會來這裡」。換句話說，**關係代名詞是從簡化的一環中誕生的**。

前面多次提到，英文因為受到許多語言的影響，進而衍生出盡可能簡化規則，使英文變得簡潔並容易使用的傾向。

因此在這種背景中所誕生的關係代名詞，並不會有很複雜的規則。

本書將透過「**精通關係代名詞的五個步驟**」，用任何人都可以輕鬆學習的方法來解說。

精通「關係代名詞」的五個步驟

接下來要說明使用關係代名詞的五個步驟。只要按照這個步驟，任何人都一定可以熟練地使用關係代名詞。

以先前出現過的句子為例，我們來看五個步驟的做法。

圖4-4　關係代名詞五個步驟

STEP①	尋找兩個句子的共通詞彙
STEP②	將兩個句子中的共通詞彙的代名詞拿掉
STEP③	將拿掉的代名詞換成關係代名詞
STEP④	將關係代名詞移動到句首
STEP⑤	在沒拿掉的共通詞彙後面，直接加上帶有關係代名詞的句子

（STEP 1） 尋找兩個句子的共通詞彙

這兩個句子針對某個**「共通事物」**敘述了兩件事情。【句子 1】與【句子 2】在「敘述那位女士這個共通人物」上是一致的。換句話說，「The lady（那位女士）」與「her（她）」是共通詞彙。

（STEP 2）將兩個句子中的共通詞彙的代名詞拿掉

將 the lady 與 her 中的代名詞 her 拿掉。這兩個句子中，「那位女士」出現了兩次。因此第二次代名詞的重要度下降。為了「簡化」而將重複出現的「her（她）」省略。

（STEP 3）將拿掉的代名詞換成關係代名詞

接下來，為了將 STEP 2 中消失的代名詞換成關係代名詞，請從圖表中選擇合適的關係代名詞（參考 p. 197）。

圖表中的關係代名詞可以從**縱軸是人還是物，橫軸是主格、受格還是所有格**，這兩個面向來做選擇。首先，這個句子的共通點是「the lady」、「her」這個人物，因此從表格的「人」這一行中選擇關係代名詞。在「人」這一行中，有

「who（主格）」、「whom（受格）」、「whose（所有格）」三種。主格作為主詞的替代，受格作為受詞的替代，所有格則表示「～的」的意思。

【句子 2】的「her」為句子的受詞，因此表格中的受格「whom」，就是這次要使用的關係代名詞。

（STEP 4）將關係代名詞移動到句首

在【句子 2】的開頭放上在（STEP 3）選擇的關係代名詞。

【句子 2】**whom** I met yesterday.

為什麼不將 whom 放在「her」原本的位置？這是因為關係代名詞是句子與句子的黏著劑，若放在句中便無法連接兩個句子。

（STEP 5）在沒拿掉的共通詞彙後面，直接加上帶有關係代名詞的句子

將 STEP 4 組好的句子，直接放在沒有拿掉的共通詞彙「the lady」之後。

【句子 1】**The lady** will come here soon.
（**那位女士**很快就會來這裡。）
（STEP 4）**whom** I met yesterday.（我昨天遇到她。）
↓
The lady **whom** **I met yesterday** will come here soon.
（**我昨天遇到的那位女士**，很快就會來這裡。）

關係代名詞出現在組合好的句子中間並沒有關係，重點是要在共通詞彙後立刻加上帶有關係代名詞的句子。在關係代名詞前所出現的共通詞彙，叫做「**先行詞**」。

關係代名詞因為僅作為「連接句子的黏著劑」，因此不需要特別翻譯。黏著劑沒有必要出現在大家面前。只要按照這五個步驟，不論是誰都能確實運用關係代名詞。

- 關係代名詞是黏著劑
- 帶有關係代名詞的句子直接加在不是代名詞的共通詞彙後面

只要注意以上兩點，就能完美地使用關係代名詞。

關係代名詞「that」的使用場合

右圖中的關係代名詞選擇表格中，主格與受格的位置上寫著「(that)」。

如同表格所述，主格與受格可以使用 that 代替 who 與 which 來連接句子。最近似乎也有學校老師教導說「只要是主格或受格，不論什麼情形都可以使用 that」。

的確，即使全都以 that 來替代 who 與 which，也確實能傳達意思。

母語者當中也有很多種使用方式，有人是憑感覺使用，也有人是在書面中才使用 who 與 which。

然而「that 是如何被使用的呢？」。只要知道這點，便能理解果然使用 who 與 which，才是正確的說話方式。

最初的 that 是在以下場合，當作「**總而言之的 that**」開始使用。

第1章
英文的
基本結構

第2章
時態

第3章
衍生動詞的
文法

第4章
從組合中
誕生的文法

第5章
容易混淆的
英文文法

圖4-5 關係代名詞的造句方法

STEP① 尋找兩個句子的共通詞彙

句子1 The lady will come here soon.

句子2 I met her yesterday.

「the lady」與「her」為共通詞彙

STEP② 將兩個句子中的共通詞彙的代名詞拿掉

句子1 The lady will come here soon.

句子2 I met ~~her~~ yesterday.

STEP③ 將拿掉的代名詞換成關係代名詞

按照以下順序，選擇合適的關係代名詞

① 分辨拿掉的代名詞是人還是物（→her 代表人）
② 確認是哪一格（→遇到「她」，所以是受格）
③ 從以下的表格中，選出符合所有條件的關係代名詞（→「人＋受格」所以選擇 whom）

	主格	所有格（～的）	受格
人	who (that)	whose	whom (that)
物	which (that)	whose	which (that)

STEP④ 將關係代名詞移動到句首

句子2 whom I met yesterday.

STEP⑤ 在沒拿掉的共通詞彙後面，直接加上帶有關係代名詞的句子

句子1 The lady will come here soon.

STEP④ whom I met yesterday.

The lady whom I met yesterday will come here soon.

我昨天遇到的那名女士，很快就會來這裡。

【句子 1】The old man and his dog are still alive.
（那個老人和他的狗仍然健在。）
【句子 2】I met them ten years ago.
（我十年前遇到了他們。）

用「關係代名詞的五個步驟」將以上這兩個句子整合成一個句子時，會出現意想不到的問題。

「The old men」是人，因此想要使用 whom，但卻又發現代名詞的 them 中還包含著「his dog」。

有些人會認為「寵物也是家人，所以可以和人類一樣使用 he 或 she」，不過在英文的文法規則中卻是用「which」來表示動物。

因此「The old men and his dog」因為包含人與物兩者，而無法選擇關係代名詞。

為了解決這種情形，「總而言之先使用 that 看看」，因此 that 才被拿來使用。

The old man and his dog **that** I met ten years ago are still alive.

就像這樣，透過使用 that 就可以將 whom 及 which 無法處理的句子統整成一個句子。

that 最初是作為「無法處理時，總之先將就使用」的情形，然而現今已被廣泛使用。

若是限定的先行詞時，母語者似乎有使用 that 的傾向，而我自己則覺得比起 which 大量使用 that 的人似乎更多。

第1章
英文的基本結構

第2章
時態

第3章
衍生動詞的文法

第4章
從組合中誕生的文法

第5章
容易混淆的英文文法

圖4-6 使用關係代名詞「that」的情形

① 先行詞同時包含「人」與「物」的情形

例 **The old man and the dog that lived in this house are still alive.**
住在這棟房子的老人與狗，現在仍然健在。

② 先行詞為「all」的情形

例 **I brought all that he left at home.**
我把他留在家裡的所有東西都帶來了。

③ 先行詞為「no one」、「nobody」的情形（先行詞帶有「no」時）

例 **There is no one that knows the story.**
沒有人知道這個故事。

④ 先行詞為「something」、「anything」、「nothing」、「everything」的情形

例 **He knows everything that happened at school.**
他知道在學校發生的每一件事。

⑤ 先行詞加上「the first」、「the last」的情形

例 **He is the first person that went to the moon.**
他是第一個去月球的人。

⑥ 先行詞加上「the only」的情形

例 **This is the only story that I heard.**
這是我唯一聽到的故事。

⑦ 先行詞加上「the same」的情形

例 **This is the same book that I saw at the bookstore.**
這和我在書店看到的那本書相同。

⑧ 先行詞加上「every」的情形

例 **Every student that I know studies very hard.**
我所知道的學生每個都非常認真學習。

⑨ 先行詞加上「all the」的情形

例 **All the books that he has are very interesting.**
他所擁有的書全都非常有趣。

接下來，我們要來解說關係代名詞「what」的使用方式。關係代名詞 what 在日常會話中經常出現，我自己在口譯工作時也很常使用。

不過也聽到不少人反映說不清楚 what 的使用方式，或者無法自己使用這個文法。

關於 what 也是只要知道使用 what 的理由，就能理解正確的用法。而提到 what 究竟會用在哪種情況，答案就是用在組成以下句子的時候。

①我知道她想要的東西。
②我無法理解她説的話。

將這些句子改成使用關係代名詞的句子時，應該要怎麼做呢？① 與 ② 都各別隱藏以下兩個句子。

①我知道她想要的東西。
I know the thing.（我知道那個東西。）
She wants it.（她想要它。）

②我無法理解她説的話。
I don't understand the thing.（我不明白那個東西。）
She said that.（她説了那個。）

接著，使用「關係代名詞的五個步驟」將上述句子統整成一句，就會變成以下的關係代名詞句子。

第1章
英文的基本結構

第2章
時態

第3章
衍生動詞的文法

第4章
從組合中誕生的文法

第5章
容易混淆的英文文法

① I know **the thing** which she wants.
② I don't understand **the thing** which she said.

　　就像這樣，共通詞彙 the thing 與使用關係代名詞 which 來表示「東西」的句子是成立的。乍看之下，這個句子還算通順。在日常會話中，也經常能看到「～的事（東西）是～」的句型。

　　然而，如果再多使用幾次「the thing which」，就會讓人覺得這些句子很累贅，因此才誕生出將「the thing which」以一句話來描述的想法。

　　要體現這個想法，就是如以下的例子一樣，用「what」來代替「the thing which」。

① I know **what** she wants.（我知道她想要什麼。）

② I don't understand **what** she said.
（我不明白她說的是什麼。）

　　透過 what 的使用，將句子 ①、② 改變成更加簡潔明瞭的形式。關係代名詞基本當作「句子與句子的黏著劑」，因此通常不會反映在翻譯中。

　　不過使用 what 的時候，因為會翻譯成「～什麼／～東西（事）」，因此有不少學習者在這部分會感到混淆。

　　而會把 what 翻譯成「～什麼／～東西（事）」的原因，則是因為「the thing which」的「the thing（那個東西）」包含在 what 之中的緣故。

「介系詞＋名詞」的省略

使用「介系詞＋關係代名詞」統整句子的方法

一旦學會了關係代名詞的使用方法，就能輕易理解「關係副詞」的概念。首先，**關係副詞就是將關係代名詞當作副詞（修飾動詞）使用的方法**。只要以關係代名詞的概念是基礎逐步學習，就能輕鬆理解。

【句子 1】This is **the house**.（這是那個房子。）
【句子 2】I was born in **this house**.（我出生在這個房子。）

使用之前提過的關係代名詞的五個步驟，試著將這兩個句子整合成一句。

（STEP ①②）這兩個句子共通的是「the house」與「this house」。那麼到底要拿掉哪一個共通詞彙呢？答案就是【句子 2】的「this house」。這是因為如果拿掉【句子 1】的「the house」，【句子 1】就只剩「This is」，則句子不成立。

另一方面，【句子 2】「I was born in ~~this house~~.」，則還留著句子的基本樣貌。

（STEP ③）決定使用哪一個關係代名詞。此時請注意被拿掉的「this house」前面，有「in」這個介系詞。

第1章
基本英文
結構的

第2章
時態

第3章
衍動詞的
生文法

第4章
誕生組合中
的文法

第5章
英文文法
容易混淆的

　　英文中，當出現「介系詞與名詞」，如「for him」、「with me」等情形，這個名詞會變為受格，而不使用 for he 或 with I 等表達。因此從受格的關係代名詞中，選擇對應東西（this house）的「which」。

　　關於使用要點，如同 for him 及 with me，介系詞與名詞作為組合使用，則關係代名詞也要與介系詞一同作為組合使用，如「in which」。

【句子 1】This is **the house**.（這是那個房子。）
【句子 2】I was born in ~~this house~~.（我出生在這個房子。）
　　　　　　　　　　　　　　(which)

　　（跳過 STEP ④ 直接進入 STEP ⑤）將 in which 這個組合放在先行詞 the house 後的【句子 2】會形成以下句子。

This is **the house** in which I was born.
（這是我出生的那棟房子。）

　　其實，直接當作關係代名詞的句子使用也沒有問題。我自己在說話時，也有使用這種形式的習慣，並且毫無問題地將意思傳達給了對方。

⚙ 使用關係副詞進行簡化

　　由於英文的特性，在這裡萌生「想要簡化」的渴望。每次使用「in which」時，句子難免變得混亂。因此**在思考「是否有簡化的方法」後，接著誕生的就是「關係副詞」。**首先，「介系詞＋名詞」在句子中究竟扮演何種角色？

He **studies** English <u>at school</u>.（他在學校學英文。）

　　這個句子中，「at school（在學校）→ study（學習）」修飾動詞的 study。

　　修飾動詞的詞彙稱為「副詞」。例如將「at school」改成副詞的「here」，並將句子改成「He studies English here.」，這個句子也是成立的。換句話說，**「介系詞＋名詞發揮副詞的功能」**。再次來看使用關係代名詞的句子。

This is <u>the house</u> in which I was born.
　　〈場所〉〈介〉＋〈名〉

　　在這裡，我們來尋找對應「in which」的副詞。先行詞的「the house」表示「場所」，因此使用尚未當作關係代名詞，並且是與地點有關的疑問詞（疑問副詞）**「where」**。

This is <u>the house where</u> I was born.
（這是我出生的那棟房子。）

　　換句話說，**「關係副詞就是介系詞＋關係代名詞的改寫」**。不過由於疑問詞的種類有限，無法適用所有情形，因此才會將未被使用的 where 當作關係副詞使用。這就是使用關係副詞 where 時的思考方式。

🛠️ 掌握關係副詞「when」的方法

　　按照「介系詞＋關係代名詞＝關係副詞」這樣的思考模式，就可以來說明關係副詞。

接下來，我們一起來思考關係副詞「when」。

【句子 1】Do you know **the day**?（你知道那天嗎？）

【句子 2】She comes here on **the day**.（她來這裡的那天。）

這個句子也可以使用與 where 相同的流程來思考。

首先這兩句共通的主題為「the day」。兩個句子的共通詞彙都一樣，應該很好理解。

接著的步驟是「該拿掉哪一句的 the day」。若將【句子1】的「Do you know the day?」的 the day 拿掉，句子意思會變得不完整。

相反地，【句子 2】「She comes here on ~~the day~~.」雖然不清楚「何時會來」，不過保留完整的句子樣貌，因此可以拿掉這邊的 the day。

the day 為「事物（並非人）」，因此使用「介系詞 on ＋關係代名詞 which」將句子整合成以下內容。

Do you know **the day on which** she comes here?
　　　　　　〈時間〉〈介〉＋〈名〉

這個句子的先行詞為表示「時間」的 the day。

表示時間的疑問詞（疑問副詞）「when」，並沒有當作關係代名詞來使用，因此可以使用「when」代替「on which」，並寫成以下的例句：

Do you know **the day when** she comes here?

（你知道她哪一天會來這裡嗎？）

使用與 when 相同的方法，現在來看關係副詞 why 的使用方式。

【句子 1】I don't know **the reason**.（我不知道原因。）

【句子 2】She got angry for **the reason**.

（她因為那個原因而生氣。）

我們先來判斷先行詞是共通主題「the reason」，接下來要判斷「該拿掉哪一句的 the reason」。

【句子 1】的「I don't know ~~the reason~~.」表示「我不知道」，卻不清楚究竟是「不知道什麼」。然而【句子 2】的「She got angry for ~~the reason~~.」則可以看出「她生氣了」，並且句子保持在最低限度的樣貌。因此決定拿掉【句子 2】的 the reason。the reason 是「事物（並非人）」，因此使用「介系詞 for＋關係代名詞 which」，可以統整成以下句子。

I don't know **the reason for which** she got angry.
　　　　　　〈理由〉〈介〉＋〈名〉

這個句子中，先行詞是表示「理由」的 the reason。請一起記住在敘述理由時所用的介系詞為「for」。表示理由的疑問詞（疑問副詞）「why」，也同樣沒有當作關係代名詞使用，因此可以如以下的例句一樣替換「for which」。

I don't know **the reason why** she got angry.

（我不知道她生氣的理由。）

掌握關係副詞「how」的方法

第1章
基本英文的結構

第2章
時態

第3章
衍生動詞的文法

第4章
從組合中誕生的文法

第5章
容易混淆的英文文法

最後是關於 how 的使用方式。基本的思考模式都相同，不過與其他關係副詞不同的地方在於，how 有需要特別注意的部分。

【句子1】I want to know **the way**.（我想知道那個方法。）
【句子2】He succeeded in **the way**.（他成功的方法。）

共通主題是「the way」。到目前為止都相同，比起拿掉【句子1】「I want to know ~~the way~~.」，拿掉【句子2】的 the way 形成「He succeeded in ~~the way~~.」，句子較完整。

因此拿掉【句子2】的 the way。由於「the way」為事物，因此使用「in which」將句子統整成以下的內容。

I want to know **the way in which** he succeeded.
〈方法〉　〈介〉＋〈名〉

這個句子的先行詞是表示「方法」的 the way。表示「方法」的 how 列為候補，並且這裡要注意「how」當中已經包含「how to ~」表示「~的方法」的意思，因此若寫成「the way how」意思就會重疊。因此在現代英文中，會將句子統整成以下例句。

I want to know **how** he succeeded.（我想知道他成功的方法。）

上述例句比起「the way how」更加簡潔有力。就像這樣，要注意「使用 how 的時候，要省略先行詞 the way」。

第5章

容易混淆的
英文文法

攻略「易錯文法」的兩個觀點

最後一個章節也就是第五章是番外篇。內容取自於「容易出錯的文法」，因此第五章並非著重於「故事」。

這個章節的重點是在於「觀點」。

「other」、「數字」、「It to / that 句型」、「準否定詞」、「倒裝」、「插入式問句」、「特殊 that 子句」、「分詞構句」、「強調句」不論是哪一個，都是平常被稱為難解的文法。

成為難解的主要原因，我認為是因為學校教育，總是著重於「公式」，而遺漏了「為什麼會變成這個型態？」「為什麼非要這個型態不可？」，這些最為重要的觀點。

死背公式的方法確實是快速的捷徑，不過只是死背的話，是絕對無法好好運用這一章所列舉的文法。

在學習這個章節所提到的文法時，可以透過從「歷史觀點」、「宗教觀點」、「語言融合觀點」等不同角度來學習，就會像是打通任督二脈般徹底地理解。

接下來，就讓我們一起來看「容易出錯的文法」吧。

圖5-1 | 第5章【容易混淆的英文文法】統整

第1章
英文的基本結構

第2章
時態

第3章
衍生動詞的文法

第4章
從組合中誕生的文法

第5章
容易混淆的英文文法

33 Other

34 數字

35 It to/that 句型

36 準否定詞

37 倒裝

38 插入式問句

39 特殊 that 子句

40 分詞構句

41 強調句

看圖理解「other」！

 看似簡單，其實不簡單的「other」

在第五章中，我們會介紹看似簡單，但其實容易出錯的英文文法，首先是「other（其他）」。

雖然大家都知道這個單字，但關於「the other、the others、another、others 的不同」，其實很難去正確地說明。

 「the other」與「the others」的使用區分

首先我們來看「the other」與「the others」的使用區分。現在試著去假設自己有兄弟姊妹。

①I have two brothers.
One is a doctor, and **the other** is a lawyer.
（我有兩個兄弟。一個是醫生，另一個是律師。）

②I have five brothers.
One is a doctor, and **the others** are lawyers.
（我有五個兄弟。一個是醫生，其他的都是律師。）

英文中沒有「（包含自己）兄弟姊妹有幾人」的講法。因此在述說「兄弟姊妹有幾人」時，不會包含自己。

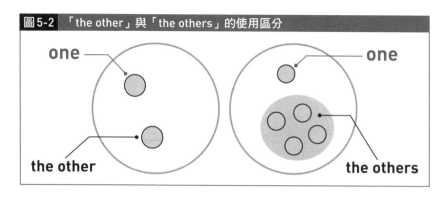

圖5-2 「the other」與「the others」的使用區分

第1章
英文的
基本結構

第2章
時態

第3章
衍生詞的
文法

第4章
從組合中
誕生的
文法

第5章
容易混淆
的
英文文法

　　換句話說，例句 ① 有三個人，例句 ② 有六個人。

　　「the other／the others」所使用的 the 可以視為稍微高級的定冠詞用法。舉例來說，例如「the dinosaurs（恐龍屬）」，用於總括某個特定種族或群體時的用法，我個人將它稱為「總括的 the」。

　　在例句 ① 與 ② 的情境中，首先在「兄弟」這個群體內，「一人（one）是醫生」限定了這個群體中的一人。透過在這個限定群體中加入「other / others（其他）」，就會變成「總括剩下的全體（the other / the others）」的意思。

　　例句 ① 中，限定兩個兄弟中的其中一個（還剩一人），作為對象「剩下的全體」是一個人，因此要使用單數的「the other」。另一方面，例句 ② 的五個兄弟中「除了一個人之外，其他都是～」，因此使用複數的「the others」。

　　除此之外，還有其他使用「the other / the others」的例句，請看後面的例句。

I have two cats. One is white, and **the other** is black.
（我有兩隻貓。一隻是白的，另一隻是黑的。）

There are five apples. The two of them are from Aomori,
and **the others** are from Nagano.
（這裡有五顆蘋果。其中兩顆產自青森，其他的產自長野。）

 ## 「another」的正確用法

接下來是關於 another 與 other 的不同，現在我們試著
假設到鐘錶店挑選手錶的情境，並請店員給你看一個產品。

Excuse me, can I see that one?
（不好意思，我可以看那支手錶嗎？）

然而那支錶不符合你的喜好，想再看別支產品時，應該
要怎麼說呢？若是使用先前提到的「the others」，就會變成
以下意思，因此要特別留意。

Can I see **the others**?
（我可以看剩下的全部產品嗎？）

如果這樣說，店員就會把店裡所有的手錶都拿出來。

想描述「其他之中的一個」時，就要使用「another（許
多之中的一個）」。

第1章
英文的
基本
結構

第2章
時
態

第3章
動詞的
衍生
文法

第4章
從組合中
誕生
的文法

第5章
容易混淆的
英文文法

Can I see **another**?（我可以看**另一個**產品嗎？）

從思考的角度來看，這次想要看的是「尚未看過的產品」，因此將「the other」中的「the」拿掉。

接下來，因為想看的產品只有一個，就要使用冠詞「a」。不過由於「other」是以母音發音開頭，因此不能使用冠詞「a」，而是加上「an」。「an other」似乎是很好的表達方式，事實上「another」是由「an other」這兩個單字連接形成的。

 「others」的正確用法

在鐘錶店「想看其他手錶」的情形，思考方式與剛剛的「another」相同，直接將其改成複數型態。another 原本的型態為「an other」，那麼它的複數形為「others」。

Can I see **others**?（我可以看**其他的部分商品**嗎？）

就像這樣，others 可以用來表示**「許多當中的幾個」**的細微差異。

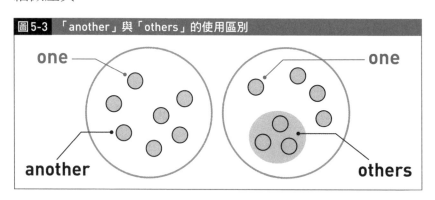
圖5-3　「another」與「others」的使用區別
one
one
another
others

用英文流暢說出「大數字單位」的方法

 意外困難的「數字英語」

　　使用英文來工作的時候，最容易造成混亂的就是「大的數字單位」。一百或一千等這種數字大部分的人都能順暢說出 hundred 或 thousand，然而如果變成十萬、千萬或億等單位時，卻很難立刻給出回應。英文和中文不同，並沒有萬或億等單位，因此在說大的數字單位時，需要在腦中一一思考。不過只要理解以拉丁語言為基礎的「英文數字思考模式」，就能瞬間說出數字。在這裡的關鍵詞也是西班牙文與拉丁文的觀點。這一章中會教導大家如何克服以拉丁文的知識為基礎的「大的英文數字單位」。

 數字「以三個零為一組」

　　首先，用英文描述數字時，最重要的是「零的數量」。

圖5-4　大額數字的講法（到十萬為止）		
（十）**10**	⇨	**ten**
（百）**100**	⇨	**hundred**
（千）**1,000**	⇨	**thousand**
（1萬）**10,000**	⇨	**ten thousand**
（10萬）**100,000**	⇨	**hundred thousand**

如左邊的表格「一個零（10）＝ten、兩個零（100）＝hundred、三個零（1,000）＝thousand」一樣，以三個零為一組來思考。接下來是大於一千的數字「一萬」。一萬的思考方式是「一個零再加三個零（合計四個零）」，並且是「一個零＝ten、三個零＝thousand」，因此一萬要寫成「ten thousand」。

「十萬」也是相同的思考模式，「兩個零再加三個零（合計五個零）」，並且是「兩個零＝hundred、三個零＝thousand」，因此十萬要寫成「hundred thousand」。

「一百萬＝million」的原因

接著「一百萬」該怎麼寫呢？按照前面提到的例子，一百萬是「三個零再加三個零」

```
1, 0 0 0 , 0 0 0
  (thousand)   (thousand)
```

就會變成「thousand thousand」，因此必須思考另外的講法。

在這裡會當作新單位使用，就是來自拉丁文（古法文）的「million」這個單位。

million 這個單位源自古法文，在拉丁文中「mille」是表示關於一千的字源。英文中的 millimeter（表示千分之一）的「milli」等，就是從「mille」演變而來。

「mille」是表示一千的單位，而在表示一百萬的單位中，這個數字出現了兩次。換句話說，「更大的一千」就是「一百萬」這個單位。

第1章
英文的基本結構

第2章
時態

第3章
衍生的動詞文法

第4章
從組合中誕生的文法

第5章
容易混淆的英文文法

作為更大的數字概念，借用了拉丁文中表示**更大的事物**的後綴「~ one」（現在的法文與西班牙文中使用後綴「~ on」）。例如表示大的 medal（獎章）的 medallion（大獎章），也是來自於拉丁文的後綴「~ one (on)」。

因此由「表示一千的 mille」和「表示大事物的 one」結合成「milleone」這個單字，作為表示「六個零」的單位使用。milleone 這個單字在由拉丁文轉變為古法文時，變化成了「million」，最終才被納入到英文裡。換句話說，「million」這個單字原本的意思就是「thousand thousand」。

「十億＝billion」的原因

繼 million 之後是千萬。從這部分到後面的內容，是商務現場特別是金融業界必須知道的知識。在這裡也適用 million 之前的規則，因此要寫成「ten million＝10,000,000（1＋6）」。接下來的億也一樣，是 million 再加兩個零，因此要寫成「hundred million＝100,000,000（2＋6）」。

有問題的是「million 再加三個零」的單位十億。

```
1,000,000,000
(mille) (mille) (mille)
```

這個單字基本上也不使用「thousand million（3＋6）」（除卻刻意使用的情形）。因此從拉丁文的單位中借用了新的名稱。仔細觀察十億這個數字，會發現**從 mille（thousand）到 million 再十億，整整增加了兩組零**。

在拉丁文中「bi」代表「二」，例如「bicycle → 兩個 cycle（車輪）→ 兩輪車」，就是這個字源的用法。因此<u>從「bi（二）＋mille（一千）＋one（大的）」中誕生的單位</u>就是「billion」（十億）。我們再來看更大的單位。與先前一樣，「一百億＝1＋9＝ten billion」、「一千億＝2＋9＝hundred billion」。

接下來出現的「一兆」應該要怎麼說呢？這個單字的思考方式與 billion 相同，為「增加三組零、更大的 mille」，因此是「3＋mille＋one」。拉丁文中的「三」為「tri」。英文中的「triangle＝三個 angle（角度）的形狀 → 三角形」，這就是從這個用法衍生而來的。換句話說，與 billion 相同，一兆會寫成「trillion」。就像這樣，英文數字的單位是以「三個零為一組」的概念出發，並且非常有效地整合在一起。即使是從中文到英文的複雜轉換，只要掌握原則「思考零的排列」，就能在瞬間將大的數字單位轉換成英文。

圖5-5 大單位數字的講法（一百萬以上）

（100萬）	**1,000,000**	⇒ million
（1,000萬）	**10,000,000**	⇒ ten million
（1億）	**100,000,000**	⇒ hundred million
（10億）	**1,000,000,000**	⇒ billion
（100億）	**10,000,000,000**	⇒ ten billion
（1,000億）	**100,000,000,000**	⇒ hundred billion
（1兆）	**1,000,000,000,000**	⇒ trillion

「It to / that 句型」
長主詞放後面

 主詞放在後面的理由

　　頻繁出現在文法考試中，作為「看得懂但卻不會用」的文法代表就是「**It that 句型**」和「**It to 句型**」。其實如果直接看英文許多人都能讀懂，但由於「不清楚文法的必要性」，因而導致在口說和寫作等實際輸出英文時並不太會使用。因此這一章會從「為什麼需要這種用法？」來深入討論，並說明原本的使用方式。首先我們來思考如何將以下句子翻譯成英文。

①在這條河游泳很危險。
②他還活著，真是令人驚訝。

　　這些句子容易被翻譯成以下句子。

① **To swim in this river** is dangerous.（在這條河游泳很危險。）
② **That he is alive** is surprising.（他還活著，真是令人驚訝。）

　　例句 ① 的主詞是「To swim in this river（在這條河游泳）」，例句 ② 的主詞則是「That he is alive（他還活著）」。例句 ② That 放在句首是為了形成「～的事」的名詞片語。然而例句 ① 與 ② 雖然在文法上沒有問題，不過母語者並不喜歡這種表達方式。這是因為在英文中「**頭大身體**

小的主詞會視為不恰當」。

　　英文這個語言被來自不同文化、習俗、國家的人在世界各地使用，進而發展起來。與其他民族對話時，因為「彼此的默契不同」，因此才將「先說結論」放在最優先。在「先敘述結論」特性的背景下，「立即敘述主詞和述詞」被視為好的做法。因此像是例句 ①「To swim in this river」與 ②「That he is alive」等，「當主詞是三到四個字以上的長句時，會放到句子的後面。」

　① [　] is dangerous **to swim in this river.**（在這條河游泳很危險。）

　② [　] is surprising **that he is alive.**（他還活著，真是令人驚訝。）

　　如果將句子原封不動地調整成例句這樣，由於動詞在句首會讓人產生是疑問句的誤會。因此為了避免成為疑問句，會在句首加上「It」。

　① **It** is dangerous **to swim in this river.**（在這條河游泳很危險。）

　② **It** is surprising **that he is alive.**（他還活著，真是令人驚訝。）

　　原本的主詞「to swim in this river」及「that he is alive」是「真主詞（主要主詞）」，為了調整句型而使用的「It」稱為「虛主詞」。在這裡的「It」用來調整句型，因此不需要翻譯。就像這樣，「It to / that 句型」是由「將長主詞放後面」以及「以 It 代替主詞並放在句首」這兩階段的結構所組成。特別是在商務英文中，由於主詞往往比較複雜，因此經常會使用虛主詞「It」句型。只要知道這個句型背後的背景，就能毫不猶豫地使用了。

第1章
英文的基本結構

第2章
時態

第3章
衍生動詞的文法

第4章
從組合中誕生的文法

第5章
容易混淆的英文文法

「hardly」和「rarely」並非相同的意思！

 「hardly」和「rarely」哪裡不一樣？

即使是認真學習英文的人，也會因為誤解真正的含意，不自覺產生誤用。令人惋惜的例子是準否定詞的用法。

---

hardly: 幾乎不～

①他幾乎不來這裡。

He **hardly** comes here. / He **scarcely** comes here.

---

rarely: 很少～

②他很少來這裡。

He **rarely** comes here. / He **seldom** comes here.

「幾乎不～」和「很少～」都不是 100% 否定。換句話說是作為「等同否定的意思」，因此稱為準否定詞。

在這裡所使用的 hardly 與 rarely 放在一般動詞否定句中「does not」的位置。另一方面，要注意第三人稱單數的動詞要加 s。例句 ① 的「hardly 和 scarcely」與例句 ② 的「rarely 和 seldom」都各別是相同的意思。不過 scarcely 與 seldom 是稍微生硬的表達，主要用在小說或正式文章，在日常會話中幾乎不會使用。

這些單字的意思像是「幾乎不～」和「很少～」，中文的意思都差不多，因此教導例句 ① 和 ②「幾乎是相同意

第1章
基本英文的結構

第2章
時態

第3章
衍生動詞的文法

第4章
從組合中誕生的文法

第5章
容易混淆的英文文法

思」的人占了壓倒性的多數。

然而例句 ① 和 ② 都各自具有「隱藏細微差異」。其實對母語者而言，這些單字往往傳達「完全相反的細微差異」。

 「hardly」和「rarely」的隱藏差異「恰恰相反」！

接下來，我們來看這些單字的「隱藏細微差異」。

hardly: 幾乎不～
①他幾乎不來這裡（所以這次也不來）。
He **hardly** comes here. / He **scarcely** comes here.

rarely: 很少～
②他很少來這裡（不過偶爾會來）。
He **rarely** comes here. / He **seldom** comes here.

例句 ① 的 hardly 和 scarcely 隱含「所以這次也不做」的**否定意思**。另一方面，例句 ② 的 rarely 和 seldom 則是「不過偶爾會來，這次也有可能會來」，**帶有些許希望的細微差異**。因此聽到 hardly 與 rarely 時，**母語者會讀出完全相反的細微差異**。像這樣的語意差異也出現在「maybe（也許）」與「probably（大概）」這兩個單字。例如被問到「why don't you come to our party?（你會來參加我們的派對嗎？）」，面對這個問題回答「Maybe.」，會傳達「應該不會去」的否定意思，然而回答「Probably.」則表達「應該會去」的肯定意思。

在學習英文的表達方式時，除了記住字典裡的**翻譯**外，也要一同將「詞彙裡所隱藏的細微差異」放入腦中。

「倒裝」的目的是為了「強調副詞」

 將想強調的事物移動到最前面

關於英文的「倒裝表達」，如果不了解結構，就會變成意義不明的句子，並且翻譯時容易產生誤會，因此要特別留意。倒裝這個詞彙從字面上來看是「倒過來放」的意思，因此許多人對倒裝的印象就是「反過來」。

雖然確實是將單字對調使用，但最初的目的是為了「強調副詞」，讓我們實際來看倒裝句的寫法。

①他甚至在考試前都不會感到緊張。
He is **not** nervous even before exam.
→ **Not is** he nervous even before exam.

現在我們以這句為例，來思考「強調副詞的表達」。

首先，在這句中的 not **就是修飾 be 動詞 is 的副詞**。如同前面的章節反覆提到英文具有「想強調的事物放在前面」的特性，因此將 not 放在句首。not 是副詞，如果旁邊沒有述詞，就會不清楚是說明什麼的 not。因此 not 的旁邊一定要連接述詞（在這裡是 is）。這樣就完成了倒裝句。

因為強調副詞，所以形成帶有「他連考試前都完全不緊張」細微差異的語句。

第1章
英文的基本結構

第2章
時態

第3章
衍生動詞的文法

第4章
從組合中誕生的文法

第5章
容易混淆的英文文法

②她幾乎不會游泳。

She **can hardly** swim.

→ **Hardly can** she swim.（她幾乎不會游泳）

這句中 hardly 是與 not 相近的副詞，思考方式是「移動與 not 一組的詞彙」，因此將「hardly 與 can」視為一個詞組並移動。在這裡因為有「can」，swim 要保持原形。

③我沒去過加拿大。

I **have never** been to Canada.

→ **Never have** I been to Canada.（我一次都沒有去過加拿大。）

這個句子中與副詞 never 為一組的是 have，因此首先將 never 放在句首，並將 have 放在它的後面。

④他仍住在紐約。

He **still** lives in New York.

→ **Still does** he live in New York.（他現在依然住在紐約。）

首先將副詞的 still 放在句首。這邊要注意<u>「不是 Still lives」</u>。到目前為止，我們都在移動「not 與述詞的組合」。相反地，上述句子如果加上 not 改成否定句，會變成「doesn't live」，**因此 still 的後面應該插入「does」，並將動詞第三人稱單數的 s 拿掉**。倒裝表達雖然不會出現在日常會話及商務文書中，但卻會在小說裡出現，因此記住這個用法不會有任何損失。

把「想問的重點」放在第一位！

 英文的原則是「想強調的事物放在前面」

接下來要介紹的文法，由於在文法上並沒有正式的名稱，因此我個人將它稱為「**插入式問句**」。究竟是什麼樣的文法，我們一起來看具體的例子。

①你覺得我幾歲？
× **Do you think** how old I am?
→ 你能猜出來「我幾歲」嗎？

這個句子以「Do you think ～ ?」開頭，所以是詢問「猜不猜得出來？」。因此回答就會是「Yes（猜得出來）／No（猜不出來）」，與實際想得到的答案不同。

在這裡也需要回到英文的原則，也就是「**把重要的事物放在句子的開頭**」。換句話說，**應該要將最想問的「how old」放在句子的前面**。接下來只需要將其餘所需的元素放在句子後面，就能完成以正確語氣傳達「①」的英文句子。

○ **How old do you think** I am?（你覺得我幾歲？）

就像這樣，例句 ① 的表達類似在「how old am I?」中，插入另一個疑問句「do you think?」。

雖然看起來有點特殊，但只要記住「強調的事物放前面」的英文特點，思考方式就會變得簡單明瞭。

 ## 專注於「想詢問的事物」

接下來的句子英譯也可能因為習慣「do you think～?」這個形式，所以不少人會犯以下的錯誤。

②你覺得他會幾點來這裡？
✕ **Do you think** what time he will come here?
→ 你能猜出來「他幾點會來這裡嗎」？

這個句子也是詢問「猜不猜得出來？」，因此答案會是「Yes（猜得出來）／No（猜不出來）」，讓我們回過頭來思考「強調的事物放前面」的特點。

○ What time **do you think** he will come here?

在這裡想詢問的是「幾點」這個時間，因此將「what time」放在句首。接下來將其餘的內容維持原樣來書寫就完成了。這個句子也是在「what time will he come here?」之間插入「do you think～」。

插入疑問句雖然看似簡單，不過經常會看到一不小心就講成【✕】例句的人。如果講成錯誤的例子，母語者也只會回答 Yes 或 No，使自己及對方感到困惑。

只要好好注意「強調的事物放前面」的特點，就能簡單學會插入疑問句的使用。

that 子句中的動詞
為什麼是原形？

 ## 為什麼「that 子句的動詞保持原形」

接下來要介紹的文法，雖然是十分少見的例子，但是偶爾會出現在大學考試、商務文書或小說等。

這也是判斷是否可以使用良好教養的英文其中一項關鍵文法，因此了解這個文法不會有任何損失，首先我們來看以下的例句。

① I **proposed** to him **that** he **should** be a doctor.
（我**建議**他應該當醫生。）

在這裡使用的動詞為「propose（建議）」，在表示「～這件事」的 that 子句中，原則上會使用「should（應該）」。建議這個單字<u>「傳達著應該做～這件事的想法」</u>。

換句話說，<u>使用「propose」這個單字的瞬間，就能聯想到「接下來 that 子句的敘述，理所當然會出現 should」</u>。

到這邊，請回想起來前面重覆提到的「英文簡化」特點，英文具有省略重覆或已知預期發生的事物的特點。這種「簡化」的特點，也適用於 that 子句，也就是這個章節所介紹的用法。

第1章
英文的
基本
結構

第2章
時
態

第3章
動詞的
衍生
文法

第4章
從組合中
誕生
的文法

第5章
容易混淆的
英文文法

前面的句子可以改寫成以下的例句。

① I **proposed** to him **that** he ~~should~~ be a doctor.
→ I **proposed** to him **that** he **be** a doctor.

轉換的句子要省略 should，並且在 that 子句中的動詞要維持原形。

「he be a doctor」是一種特別的形式，因此不熟悉這種用法的人可能會感到很驚訝。

 省略伴隨「should」的情形

除了 propose 之外，以下單字也使用相同形式的用法。

- require（要求）
- request（請求）
- recommend（推薦）
- suggest（建議）

當這些動詞出現在「主要子句（句子前面的子句）」時，原則上 that 子句的述詞會變成 should。

在這裡的 should 也同樣要進行省略，並且後面的動詞要保持原形。

如果之後有機會看到這個文法，請想起這個章節介紹的內容。

為了精簡文字而誕生的 「分詞構句」

 在有連接詞的句子中省略連接詞

「分詞構句」是考試中經常出現的文法,因此大部分的人都知道它的基本寫法以及使用方式。

然而如果不了解基本原理,就會被絆在某些「關鍵點」上,最終寫出不清不楚的句子。

首先我們來複習一下分詞構句的基本用法,接下來再說明它的存在理由。

①分詞構句的基本型態
外出時,請記得帶傘。
When you go out, please take your umbrella.

分詞構句就是如同上面的例子這樣,要用在帶有連接詞的句子。現在讓我們聚焦在「為什麼需要分詞構句」,而非「死記形式」這個重點。事實上,分詞構句也是從「英文的簡化」特點中所誕生出來的文法。

再次強調,英文為了盡可能簡化句子並使它更易於使用,而不斷演變至今,因此具有能省就省的性質。分詞構句也是這種「簡化」的其中一種結果。

那麼,這個句子中究竟可以省略什麼呢?這個答案就是「連接詞與主詞」。

省略例句 ① 的連接詞「when」與主詞「you」，可以將句子改寫成以下的內容。

② **Going** out, please take your umbrella.

就像這樣，**分詞構句就是透過將動詞改成現在分詞，並省略連接詞（與主詞），而將句子縮短**。

雖然有人覺得「分詞構句很難」而退縮，但其實最初的原理就是「句子的簡化」。

如果用死記的方法學習會覺得複雜，但只要回到「為了簡化」的根本，就會發現這個文法意外地容易理解。

精通分詞構句的五個步驟

那麼要怎麼寫出分詞構句呢？為了讓任何人都能寫出分詞構句，在這裡會分成「五個步驟」介紹。用以下句子為例，來看這五個步驟吧。

由於我需要和布萊恩聊一聊，就打了電話給他。
As I needed to talk to Brian, I called him.

在「STEP 1~2」，首先要確認是否可以使用分詞構句。

【STEP 1】確認連接詞

「As」當作連接詞使用，因此可以考慮將它變成分詞構句。如果句子中不使用連接詞，就不能改成分詞構句。

【STEP 2】確認兩個子句的主詞是否一致

從「I needed」與「I called」中，可以知道共通主詞是「I（我）」。

【STEP 3】拿掉「連接詞」與「共通主詞」

首先拿掉「連接詞」。由於這個句子的主詞一致，因此為了簡化會將帶有連接詞的子句主詞一起拿掉。

~~As I~~ needed to talk to Brian, I called him.

【STEP 4】將動詞改成現在分詞

Needing to talk to Brian, I called him.

接下來，將原本有連接詞的子句中的動詞改成現在分詞，分詞構句就完成了。只要以「省略連接詞與主詞」為前提，並按照順序操作，就會發現分詞構句意外地非常簡單。

雖然使用「Needing」時態會變得不明確，但這也可以視為簡化的代價。而時態也可以從後半句的動詞「called」進行推斷，因此忽略「Needing」部分的時態。

 被動語態的分詞構句

「分詞構句有改變成現在分詞」的原則。

然而，在被動語態的句子中出現了一個奇特的現象，那就是有過去分詞的動詞，卻沒有現在分詞的動詞。來看下面的句子。

第1章
基本
英文
結構
的

第2章
時態

第3章
衍生詞的
動文法

第4章
誕生的文法
從組合中

第5章
英文文法的
容易混淆

如果使用得當，電視機是非常有用的。

If it **is used** wisely, the TV set is very useful.

→ **Used** wisely, the TV set is very useful.

　　在上面的句子中，過去分詞「used」放在句首，省略連接詞與主詞。有些人可能會只憑藉這個結果就解讀成「被動語態的句子是由過去分詞構成的」，但如果只是單純地記住結果，很可能會在學習上引起混淆。用前面提到的「分詞構句的五個步驟」來確認為什麼句子會發生這種變化。

【STEP 1】確認連接詞

　　有連接詞「If」，可以變換成分詞構句。

【STEP 2】確認兩個子句的主詞是否一致

　　「It is used ~」的「It」雖然單字不同，但代表著後半段的「the TV set」，因此兩個主詞一致。

【STEP 3】拿掉「連接詞」與「共通主詞」

　　接下來，拿掉這個句子的「連接詞」以及在 STEP 2 確認的「共通主詞」中，連接詞那方的主詞。

~~If it~~ is used wisely, the TV set is very useful.

【STEP 4】將動詞改成現在分詞

　　將動詞改成現在分詞，在這裡的「be」當作述詞的功能，因此改成現在分詞「being」。

> Being **used** wisely, the TV set is very useful.

到這裡為止，已將這個句子省略並改成分詞構句。

事實上到這邊結束，在文法上沒有任何問題，這也是其中一個正確答案。不過由於英文「可以簡化就要簡化」的特性，因此要思考是否能再進一步精簡。

句子中被當作可以更精簡的要素就是「be 動詞的現在分詞」。原來的過去分詞「used」必須與 be 動詞當作組合來使用，因此可以視為「即使沒有 be 動詞，意思也能相通」。換句話說，在這裡會增加「省略 being」的步驟。

【STEP 5】省略 be 動詞的現在分詞

> ~~Being~~ used wisely, the TV set is very useful.
> → **Used** wisely, the TV set is very useful.

就像這樣，被動語態的分詞構句中帶有「因為省略 being，所以只剩下過去分詞」的背景。

被動語態的句子並不是使用過去分詞的例外，而是由現在分詞 being 組成，並省略了現在分詞。

換句話說，「只有被動語態的分詞構句是由過去分詞組成」，這句話屬於結果論，而不是這個用法的本質。

 獨立分詞構句

接下來，我們再來思考「主詞相異的分詞構句」。這個情形也要按照基本的五個步驟，就能自然地找到正確答案。

我昨晚打了電話給她，然後她今天就來了。
I had called her last night, **and she** came here today.

【STEP 1】確認連接詞

有連接詞「and」，可以將這個句子變換成分詞構句。

【STEP 2】確認兩個子句的主詞是否一致

第一個的子句的主詞是「I」，然而第二個子句中「she」是主詞。換句話說，這個句子的主詞並不一致。雖然有點困擾，但持續往下一個步驟前進。

【STEP 3】拿掉「連接詞」與「共通主詞」

首先拿掉連接詞「and」。接下來，由於這個句子「沒有共通主詞」，因此主詞直接保留。

I had called her last night, ~~and she~~ came here today.

【STEP 4】將動詞改成現在分詞

保留主詞「she」並將連接詞子句動詞改成現在分詞。

I had called her last night, she **coming** here today.

這樣這句的分詞構句就完成了。只要按照步驟，即使是在不同的情況，也能用相同的思考方式寫出分詞構句。**獨立分詞構句**是一種罕見的形式，不常出現在對話或句子中。不過如果當作知識去了解，即使在緊急情況下遇到，相信各位也能沉著應對了。

第1章
基本英文的結構

第2章
時態

第3章
衍生動詞的文法

第4章
從組合中誕生的文法

第5章
容易混淆的英文文法

「強調句」要掌握
「先出原則」！

 強調部分句子的方法

　　強調句出現在高中英文中，也屬於**要十分注意**的文法。如果不了解根本原理，就很容易變成意義不明的句子。

　　相反地，只要了解邏輯就能輕易上手，首先我們來思考以下的例子。

【例】我昨天在公園見了朋友。
I met **a friend in the park yesterday**.
A　　　B　　　　C　　　　D

　　強調句中，可以強調上面底線「A～D」的部分，但是不能強調述詞「met」。

〈強調句〉It is ~ that＋剩餘句子
【強調 A】
It is I **that** met a friend in the park yesterday.
（昨天與朋友見面的是我。）

　　It is ~ 的形式一般會連接受詞，寫成「It is me ~」，然而強調句的重點是「**按照原來的樣子插入到原句**」，因此要寫成「It is I ~」，表示強調「I（我）」的意思。

第1章
基本文的結構

第2章
時態

第3章
衍生動詞的文法

第4章
從組合中誕生的文法

第5章
容易混淆的英文文法

【強調 B】

It is a friend **that** I met in the park yesterday.

（昨天我在公園見的是朋友。）

強調 B 的「a friend」時，也同樣直接連接在「It is」之後。接下來，只要將 that 以下的句子直接放入句子中就完成了。在這裡強調的是「a friend」，因此句子的意思是「昨天我在公園見的是朋友。」

【強調 C】

It is in the park **that** I met a friend yesterday.

（我是在公園與朋友見面的。）

強調表示場所的 C 時，介系詞會插入到「It is」後面，這樣就形成強調「in the park」的句子。

【強調 D】

It is yesterday **that** I met a friend in the park.

（我是昨天與朋友在公園見面的。）

只要這樣思考就會發現強調句其實非常簡單，並且只要有意識地多練習幾遍，就會發現強調句在許多情境都能運用。實際上，強調句除了經常用在日常對話中，在電影和電視影集中時也常常可以聽到這種表達方式。

如果下意識去聽英文句子，應該能注意到「啊！剛才那句是強調的用法！」

以前我教過的一個大學生問了我這個問題：「老師，我將來想成為英文老師，但要如何才能讓學生記住文法呢？」

當時我回答不出來。

這是因為我覺得這個問題正好象徵了亞洲現代的英文教育，反映出「英文文法是為了考試而去記住的」。此外，大多數的我們在學校的英語教育中，不知不覺被灌輸這種觀念，進而被影響深遠。

我自己在讀高中時，也曾拼命地想「背好」文法，不過都沒有成功，英文成績也總是滿江紅。

然而進入大學透過學習「歷史、文化背景、宗教觀」等知識而理解了英文文法後，就發現我過往拼命死背「機械又冰冷的公式」，竟然完全轉變成了「熱情敘述人們的情感、有人情味的表達」。

那些煩惱著「學習英語多年，卻仍無法流利應用」的人，可能是以記憶為主來學習，並缺乏真正理解的機會。

雖然市面上已經有許多講解英文文法歷史與起源等的書籍，但是其中大多數都是學者專家所撰寫的「研究書籍」，或是專業度很高的「專門用書」（雖然都是非常了不起的著作）。然而不得不說，對一般人而言，這種書連閱讀都會感到艱澀困難。

因此我仔細地解釋每個文法，為的是確保一般大眾都能夠確實地理解。

英文會話會用到的口說與聽力、以及英文文章會用到的閱讀與寫作，不管在哪一個項目，文法都是必要的。

英文文法絕不是「為了應付考試，而暫時記在腦中」的東西，而是「需要完整理解，融會貫通並運用」的事物。

我深信只要遵循本書的原則並且學習英文文法，就會走在習得英文的最短捷徑。

透過閱讀本書的內容，希望學習者能夠感受到「文法背後原來蘊含極具深度的故事」，以及「原來文法帶有人類的情感」，幫助各位學習者對英文產生興趣，並期望能成為各位學習者**充滿活力地**使用英文的契機。

Where there is a will, there is a way!
（有志者事竟成！）

牧野智一

第1章
英文的基本結構

第2章
時態

第3章
動詞的衍生文法

第4章
從組合中誕生的文法

第5章
容易混淆的英文文法

台灣廣廈 國際出版集團
Taiwan Mansion International Group

國家圖書館出版品預行編目（CIP）資料

真希望文法這樣教：首創串聯國高中6年所有英文概念與文法起
源，學過一次就不會忘記的英文教科書 / 牧野智一著；陳書賢譯.
-- 初版. -- 新北市：國際學村出版社，2023.10
　面； 公分
ISBN 978-986-454-308-3（平裝）
1.CST: 英語 2.CST: 語法

805.16　　　　　　　　　　　　　　　　112014257

國際學村

真希望文法這樣教

首創串聯國高中6年所有英文概念與文法起源，學過一次就不會忘記的英文教科書

作　　者／牧野智一	編輯中心編輯長／伍峻宏・編輯／陳怡樺
譯　　者／陳書賢	封面設計／何偉凱・內頁排版／菩薩蠻數位文化有限公司
	製版・印刷・裝訂／東豪・紘億・秉成

行企研發中心總監／陳冠蒨	線上學習中心總監／陳冠蒨
媒體公關組／陳柔衣	數位營運組／顏佑婷
綜合業務組／何欣穎	企製開發組／江季珊、張哲剛

發 行 人／江媛珍
法 律 顧 問／第一國際法律事務所 余淑杏律師・北辰著作權事務所 蕭雄淋律師
出　　　版／國際學村
發　　　行／台灣廣廈有聲圖書有限公司
　　　　　　地址：新北市235中和區中山路二段359巷7號2樓
　　　　　　電話：（886）2-2225-5777・傳真：（886）2-2225-8052
讀者服務信箱／cs@booknews.com.tw

代理印務・全球總經銷／知遠文化事業有限公司
　　　　　　地址：新北市222深坑區北深路三段155巷25號5樓
　　　　　　電話：（886）2-2664-8800・傳真：（886）2-2664-8801
郵 政 劃 撥／劃撥帳號：18836722
　　　　　　劃撥戶名：知遠文化事業有限公司（※單次購書金額未達1000元，請另付70元郵資。）

■出版日期：2023年11月　　ISBN：978-986-454-308-3